imaginist

想象另一种可能

理想国
imaginist

木心全集

温莎墓园日记

木心

上海三联书店

图书在版编目（CIP）数据

温莎墓园日记 / 木心著 . —上海：上海三联书店，2020.5（2024.12 重印）
（木心全集）

ISBN 978-7-5426-6892-9

Ⅰ.①温… Ⅱ.①木… Ⅲ.①小说集－中国－当代
Ⅳ.① I247

中国版本图书馆 CIP 数据核字 (2019) 第 272276 号

温莎墓园日记

木心 著

责任编辑 / 殷亚平
特约编辑 / 曹凌志
装帧设计 / 陆智昌
制　　作 / 陈基胜　马志方
监　　制 / 姚　军
责任校对 / 张大伟

出版发行 / 上海三联书店
　　　　　（200041）中国上海市静安区威海路755号30楼
邮　　箱 / sdxsanlian@sina.com
联系电话 / 编辑部：021-22895517
　　　　　发行部：021-22895559
印　　刷 / 山东韵杰文化科技有限公司

版　　次 / 2020 年 5 月第 1 版
印　　次 / 2024 年 12 月第 7 次印刷
开　　本 / 787mm×1092mm　1/32
字　　数 / 86千字
图　　片 / 3幅
印　　张 / 8.375
书　　号 / ISBN 978-7-5426-6892-9/I · 1579
定　　价 / 66.00元

如发现印装质量问题，影响阅读，请与印刷厂联系：0533-8510898

1989

本集的写作处

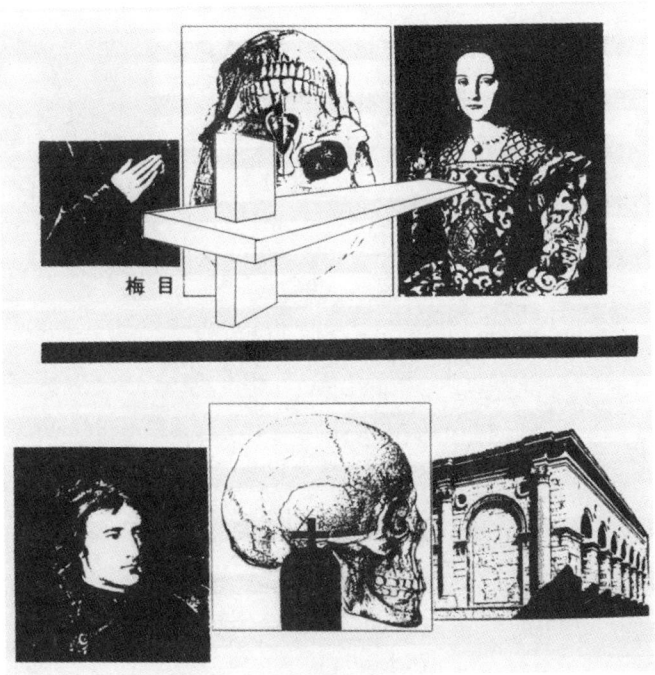

初刊时的配图

温莎墓园日记

目 录

1 序

9 美国喜剧

21 一车十八人

29 夏明珠

41 两个小人在打架

57 ＳＯＳ

61 完美的女友

69 七日之粮

79 芳芳 NO.4

97 魔轮

105 月亮出来了

119　第一个美国朋友

135　寿衣

161　静静下午茶

181　五更转曲

195　此岸的克利斯朵夫

229　西邻子

237　温莎墓园日记

序

至今我还执著儿时看戏的经验,每到终场,那值台的便衣男子,一手拎过原是道具的披彩高背椅,咚地摆定台口正中,另一手甩出长型木牌,斜竖在椅上——

"明日请早。"

他这几个动作,利落得近乎潇洒,他不要看戏,只等终场,好去洗澡喝酒赌博困觉了——我仰望木牌,如梦而难醒,江南古镇的旧家子弟,不作兴夜夜上戏院,尤其是自己年纪这么小。

再说那年代的故乡,没有经常营业的戏院,要候"班子"开码头开来了,才贴出红绿油光纸的海报,一时全镇骚然,先涌到埠口的帮岸上,看那几条装满巨大箱笼的船,戏子呢,就是爬动在船首船艄的男男女女,穿着与常人无异,或者更见褴褛些,灰头土脸没有半点杨贵妃赵子龙的影子,奇怪的是戏子们在船上栗栗六六,都不向岸上看,无论岸上多少人,不看,径自烧饭,喂奶,坐在舷边洗脚,同伙间也少说笑,默默地吃饭了。岸上的人没有谁敢与船上招呼,万一走来个喊话的,大家就不看船上而看岸上的那个了。

混绿得泛白的小运河慢慢流,余过瓜皮烂草野狗的尸体,水面飘来一股土腥气,镇梢的铁匠锤声丁丁……寂寞古镇人把看戏当作大事,日夜两场,日场武戏多,名角排在夜场,私采行头簇崭新,票价当然高得多。

预先买好戏票,兴匆匆吃过夜饭,各自穿戴打扮起来,勿要忘记带电筒,女眷们临走还解解手,照照镜子,终于全家笑逐颜开地出门了,走的小街是石板路,年久失修,不时在脚底磔咯作响,桥是圆洞桥,也石砌的,上去还好,下来当心打滑,街灯已用电灯,昏黄的光下,各路看客营营然往戏院的方向汇集。

"看戏呀?"

"嗳看戏!"

古镇哪里有戏院,是借用佛门伽蓝,偌大的破庙,"密印寺",荒凉幽邃,长年狐鼠蝙蝠所据,忽然锣鼓喧天灯火辉煌,叫卖各式小吃的摊子凑成色香味十足的夜市,就是不看戏,也都来此逗留一番。

戏呢,毋须谈,以后或者谈。散戏,众人嗡嗡然推背接踵而出寺门,年纪轻的跨圮墙跳断垣格外便捷,霎时满街身影笑语像是还有什么事情好做,像是一个方向走的,却越走越岔渐渐寥落,寒风扑面,石板的磔略声在夜静中显得很响,电筒的光束忽前忽后,上桥了,豆腐作坊的高烟囱顶着一弯新月,下面河水黑得像深潭,沿岸民房接瓦连檐偶有二三明窗,等候看戏者的归返——跟前的一切怎能与戏中的一切相比,本来也未必看出眼前的人没意趣,见过戏中的人了,就嫌眼前的人实在太没意趣,而"眼前的人",尤其就是指自己,被"戏"抛弃,绝望于成为戏中人。

我执著的儿时看戏的经验宁是散场后的忧悒,自从投身于都市之后,各类各国的戏应接不暇,剧终在悠扬的送客曲中缓步走到人潮汹汹的大街上，心中仍是那个始于童年的阴沉感喟——"还是活在戏中好"，即使是全然悲惨了的戏。

"分身""化身"似乎是我的一种欲望，与"自恋"成为相反的趋极。明知不宜做演员，我便以写小说来满足"分身欲""化身欲"——某编辑先生于刊出《两个小人在打架》后，再度约稿时声称："我们知道您曾经担任过中学国文教师……"某编辑女士览及《完美的女友》之类，访谈中提起："看到了为您缝制丝质衬衫的女雕刻家等您从前的伴侣，可否请您谈谈您的诸多'情障'。"某青年读者来信问："从《第一个美国朋友》看，你幼年家境很好，教养是不错的，后来怎会一事无成的呢？"《芳芳NO.4》引起女读者的义忿，其中有位姑娘力主"芳芳是个好女孩"，所以"你怎么就这样看待她"——我没有在中学教过国文。也没有作为石油工程师与女雕刻家旧情复叙。福音医院是有的，美国孟医生对于我是陌生人。我从一个男人身上取了"芳芳"的模特儿，那音乐家的原型却是个女的；情况既然颠倒，也即是本来就没有这回事——当时我并未按实回复编者读者，怕会被认为我讳避抵赖，认为我不够朋友。

如果要够朋友一下，便得拈动三个名词，梦、生活、艺术，此三者被反复烹调得十分油腻，只可分别抉取其根本性质——不自主、半自主、全自主——我偏爱以"第一人称"营造小说（也通用于散文和诗），就在乎对待那些"我"，能全然由我做主。

"……袋子是假的，袋子里的东西是真的。当袋子是真的时，袋子里的东西是假的了。"（一则笔记）

再多解释就难免要失礼。还是顾左右而续叙往事吧——古镇春来，买卖蚕种筹开桑行的热潮，年年引起盛大的集市，俗称"轧蚕花"，庙会敬奉的主神名叫"蚕花娘娘"，不见得就是指嫘祖。那娘娘有个独生的"蚕花太子"，是最喜欢看戏的，所以在一切的闹忙中，扣人心弦者还是借此机会大家有得戏看，旷地上搭起巍然木阁，张幔蒙屏，悬幡插旗，蚕花太子用小轿抬来摆在最好的位置上，咚咚，人山人海，全本《狸猫换太子》，日光射在戏台边，亮相起霸之际，凤冠霞帔蟒袍绣甲，被春暖的太阳照得格外耀眼，脸膛也更如泥做粉捏般的红白分明，管弦锣鼓齐作努力，唱到要紧关头，乌云乍起，阵雨欲来,大风刮得台上的缎片彩带乱飘乱飘,那花旦捧着螺钿圆盒瑟瑟价抖水袖,那老生执棍顿足,"天哪,天……哪……"一声声慷慨悲凉,整个田野的上空乌云密布,众人就是不散,都要看到底,盒子里的究竟是太子、是狸猫……

这种"草台戏"即所谓"社戏",浙江上八府往往开演在祠堂里,如果现成的戏台临河,便围泊了许多乌篷船,启篷仰观,观罢荡橹而去。下三府的敬神献戏,贪图看客多多,向木行借来长条毛板,面对戏台架作马蹄形的层座,外边便是大片大片嫩绿的秧田,辣黄的油菜花发着浓香,紫云英锦毯也似的一直铺到河岸,然而日日见惯的平凡景致,哪里抵得过戏台上的行头和情节,灿烂曲折惊心动魄,即使太子总归假的,即使狸猫总归假的,而其中总归有真的什么在——我的童年,或多或少还可见残剩下来的"民间社会",之后半个世纪不到就进入了"现代",商品极权和政令极权两者必居其一的"现代",在普遍受控的单层面社会中,即使当演员,也总归身不由己,是故还是写写小说(其实属于叙事性散文),用"第一人称"聊慰"分身""化身"的欲望,宽解对天然"本身"的厌恶。至此,童年看戏散场后小街磔咯作响的石板,桥堍豆腐工场高烟囱上的新月,也被装在前面所说的那种袋子里而不再怨尤了。

美国喜剧

上午的喜剧

咖啡放在窗台上吹凉。

楼下,人行道边,兀立一女士。

戴帽,背影窈窕,腿纤长,侧首时帽檐闪露下颌、尖,口唇、薄。服式经过悉心调理:白衫白裙白袜,黑高跟鞋黑绸腰带黑皮包黑草帽,帽缀白结——我笑了一下,为了风格,宜涂黑的唇膏。

喜鹊。

至少是属于清秀的一类。站着等谁？

站的姿态看若静止，其实时时变换重心。眺望……难说是焦灼，是安详。

咖啡可以喝了。

喝完，又到窗前。

阳光直射着她，八月的上午，是谁这样不守时，她的耐性真不坏，为何不一怒而离去。

年龄，是年龄使她自卑而迁就了。

我习惯于从人背影推测其岁数，那么她是三十以上，不会是四十的。保养得很好，颇善修饰，鞋头有金瓣，皮包亦金扣，帽结中芯簪以金花，三种金质的成色相同，当然，取白金则更形超然。她所盼待的来者，恐怕也不致是非常之富有，除非是个骗子。

三十多岁，是受骗的年龄，自以为不像少女那样容易上当了，又心虚得认为别人已是不要她上当了。

她不在家等，到街上来，自有其隐私……

我等什么。回内房开灯工作。

近几天，气温又升高，上午阳光火辣，放窗帘——

那女士又站在老地方，统体黄调子，嫩杏色的小帽，歪歪地很俏皮，还加发网，拢过前额，算半袭面纱，好手法。

这次从她的转侧间知道了她的脸，长型。

对了，脸长的人尤其爱修饰打扮，即使是男士，也是这样的。

她不漂亮，没有值得品味的特征，她可以自慰的是身材。能穿着得使人感到除了脸庞她可称是美女。

所以特别要用心于全身款式，今天的黄调子，不错，可惜头发的褐色太深，她也不笨，就此笼一层纱网，以全其飘逸——她对别人谅来也善熨恤，上了岁数的女人常以此取胜，以此弥补天然的青春魅力的浅涸。

那么谁是她的情夫，每次劳她久久枯等，太无礼了。

她也太痴心，炎阳下，穿得端端正正，引颈频眺，居然还风姿绰约。

这两个人都使我生气——放下窗帘。

早餐不用咖啡，改为牛奶麦片。

她又亭亭玉立在那下面了。

一身蓝。

今年夏季干旱,八月杪的阳光,整套深蓝,吸热,她受得了?雕像似的。那男人就这样值得呆等,我也非见见他不可,至少看看他开的车是什么牌儿的——那个次次迟到的究竟是什么英物,害得她如此死心塌地。

我之所以从来不事钓鱼就因毫无耐性。两次了,谁知她后来是怎样离开我窗下的。

喝了半杯麦片,忽然自问:她还在?

急趋窗口——没了,载走了,幸福了。

她站过的那一小块地面特别寂寞。

忙了半个月。工作不能由旁人顶替,最好有人代我吃喝,代我睡,代我上洗手间,抽烟不必代,自己来。

美国的九月也像中国的九月那样一雨成秋。我算忙过了这阵子,凉意中沉沉睡足八小时,启帘,阳光大射,目为之眩,久别重逢似的俯见那时装女人又好端端站在老位置上,淡灰秋装,伫立的姿态自有其范式,一望而知是她。

今天我有闲暇,非等到她的情夫出现不可。她的精心修饰着意打扮值不值得。

燃一根纸烟,对自己默许:这桩悬案今天解决。

其实此女士的性格非常老派,即使是她事事都敬业,有提前赴约的小布尔乔亚作风,也毕竟是傻的。如此盛装严装巧装奇装,眼巴巴地鹄立恭候,岂非反而一点吸引力也没有了。

来者难道是个矫健昳丽的少年——她在年龄上大大屈服了!

她蠕动,她举手,招挥,多稚气……

她朝着来者的方向奔过去……

长而且大的巴士驶近,这一段人行道全是车身的投影,她奔过去的地方是巴士站——上车。

上午九时以后,郊区巴士的班次减少,又不准时,每次难免要久等。

下午的喜剧

二次大战后的罗斯福夫人补充了关于自由的解释,她何尝明白自由是解释不全的。

在我十六岁时，聪明漂亮的三表哥是廿五岁，我认为他老了，有点瞧不起他。他说：

"削苹果，多削一层苹果就小一层。什么东西越削越大，削一层大一层？"

我败下阵来，只好求他讲：

"墙洞，在泥墙上挖一小洞，用刀转削，削一层，大一层。"

现在我想，"自由"，就是这样吧。如果再提一项"免于纳税的恐惧的自由"，罗斯福夫人会发愣，再提一项"免于购物付款的恐惧的自由"，可尊敬的夫人要拿起电话喊人了。所以我很平静地照章纳税，按价付款。只有两次，我——

我在郊外的高速公路上忘情地飞驰，那指针也倒得看不见了，突然一辆雪白的警车横在不远的前方，我自以为机敏地即行减速……很简单，他们有雷达波记录，彼此下车，谈也不用谈地谈了几句，三天后，我自首去了。

不在法庭的被告席上站着，是在方形的奥非司之一角,坐下,审问我的,几乎是个老人。

"先生,你开的车是大大超速了。"

"是的。我不知道美国郊区的高速公路有这种限制。"

"不知道?"

"是的。我在德国郊外开车是不受速度限制的。"

"德国是这样吗?"

"是的,一直是这样的。"

"前几天你可是在美国开车啊。"

"是的,我已经说了,我不知道。"

"超速是事实,不因你不知道美国的规定而变得不是事实了。你得罚款三十五美元,不是马克。"

我不想再为自己辩护,德国郊区行车是想像出来的,美国小吏的想像力追不上我,赶快付了三十五美元。

夜晚在酒吧和朋友谈起,大家祝贺我好运道,哪有这便宜的罚款。于是这顿晚宴全部归我付账,包括小费,总之我是大大地便宜了一场。

另一次我似乎吃了亏。

大雪天,午后,快傍晚了,从地下车站的厕所中踅出，我点了根纸烟，两个警察太空来客似的活现在左右侧，要我出示证件——警察举起簿子，瑟瑟填就一单，扯下给我，才明白犯了违章吸烟罪。心想，与这两条汉子不必噜苏，他们也正缺乏政绩，我成全了他们吧，希望还是在警局的某小吏身上，当然我不会说德国地下车站是流行吸烟的。

过了不知几天，传票到，这次是在帝国大厦附近的一幢灰白高楼的第七层受审了。

糟的是他们行将下班，喜的是同意我延期，我逍遥法外了一个月。

是日午后我从速赶去，还是糟，戋戋小事，也要与待决的众生呆坐在长椅上谨候传呼。

有烟灰缸呢，我便光明磊落地抽烟。

浏览周围，平凡得很。男的居多，全是中年人，没有一个老的，那是老人已没有犯罪的活力了。没有一个年轻的，那是年轻人犯的罪要堂皇得多，不会落到这里来——我忽然惭愧，这种违章吸烟罪，多不景气。

从内部各个门里出来提审罪犯的法官也毫无气派，人员倒不少，缓步走到栏边，低头端详手中的纸本，轻轻叫出一则姓名,立即有人站起,上前推栏随之进去了。

使我惶惑的是叫声之轻轻,而那个罪人怎会听出叫的正是他,接连十次,都这样。

我认为轮到我时,一定听不清,而且似乎永远也轮不到了。

我突然站起,没错,是我了——那褐色套服黑框眼镜的半老头一出小门,我就感到他是来传我的,他的唤声极轻极轻,我听来竟十分清晰肯定,难怪别人都一无失误。

"请你说一下你的姓名。"法官沉浊的喉音,隔着一张棕色的写字台。

他的左唇上的雪茄已经很短,快要散裂,是涎水湿的……我报了姓名……他把雪茄捉下来揿在烟缸中,低头打了个喷嚏,赶紧说了句上流社会惯用的歉词,又喷嚏,再致歉词。

如果再连续几个喷嚏,歉意累积,我有望免于罚款了。

他捉起那小半只行将散裂的雪茄,凑唇,吐吐烟屑,决定把它揿死在烟缸里。

"先生,你曾在车站上吸烟吗?"

"我准备吸烟,警察先生就上来了。"

"那上面没有这样写。你是正在吸烟中被发现的。"

"他没有写详细。"

"按照你的说法,他也不必详细写了。"

"我说的是事实,我自己明白,我不怪别人不明白。"

"罚款二十五元。"

"请问,是否可以付低于此数的罚款,如果没有可能免于罚款的话。"

"先生,这是最低的罚款了。在我手上,这个数字的罚款,今年差不多是第一次。"

"你是否觉得很高兴?"

他可爱地耸耸肩,低头填写罚款单了。

"文明"是"愚蠢的复杂化",美国的电脑的神经末梢中已有了我的两次犯罪纪录,第三次会是什么,我的兴趣转入第三次了。

他正扯单子,缩手,捂住了半个脸,喷嚏,照例即扣一句文雅的歉词,这种旧式习惯使我有置身前半世纪上流社会的感觉。然而全世界的司法机关都一样,墙面,案头,是没有装饰品的,便立刻形成严肃得冷酷的特殊气氛——这并不是等于说我是经常出入世界各国司法部门的。

请看,罗斯福夫人,我并不希望有免于罚款的恐惧的自由。

聪明的漂亮的表哥,你也请看,我落在你给我猜的洞里了。

除了现实世界,还有一个世界可以无限地享用自由,那是罗斯福夫人和我表哥未必熟悉的。

在"观念世界"中,我还该加速,而且喷烟,以引起人们的注意。

是吗,尊敬的夫人。

表哥,你说呢。

一车十八人

我们研究所备有二辆车,吉普、中型巴士。司机却只有李山一个。

李山已经开了三年车,前两年是个嘻里哈啦的小伙子,这一年来没有声音了,常见他钻在车子里瞌睡,同事间无人理会他的变化,我向他学过开车,不由得从旁略为打听,知是婚后家庭不和睦——这是老戏,恋爱而成夫妻,实际生活使人的本性暴露无遗,两块毛石头摩擦到棱角全消,然后平平庸庸过日子,白头偕老者无非是这出戏。我拍拍李山的肩:"愁什么,会好起来的,时间,忍耐一段时间,就好了。"他朝我看了一眼,眼光很暧昧,似乎是感激我的同情,似乎是认为我的话文不对题。

我渐渐发现《红楼梦》之所以伟大,除了已为人评说的多重价值之外,还有一层妙谛,那就是,凡有一二百人日常相处的团体,里面就有红楼梦式的结构。我们这个小研究所,成员一百有余两百不足,表面上平安昌盛,骨子里分崩离析,不是冤家不聚头,人人眼中有一大把钉,这种看不清摸不到边际、惶惶不可终日的状况,一直生化不已。于是个个都是脚色,天天在演戏,损人利己,不利己亦损人,因为利己的快乐不是时时可得,那么损人的快乐是时时可以得来全不费工夫的。

有时我叹苦,爱我的人劝道:"那就换个地方吧。"我问:"你那边怎么样?""差不多,还不如你研究所人少些。"我笑道:"你调到我这边来,我调到你那边去。"——我已五次更换职业,经历了五场红楼梦,这第六场应该安命。

夏季某日上午,要去参加什么讨论会,十七个男人坐在中型巴士里等司机来,满车厢的喧哗,不时有人上下、吃喝、便溺……半小时过去,各人的私事私话似乎完了,一致转向当务之急——李山呢,昨天就知道今天送我们去开会的,即使他立刻出现,我们也要迟到了。

李山就是不来。

我会开车,但没有驾驶执照,何况这是一段山路,何况我已五次经历红楼梦,才不愿自告奋勇充焦大呢。

李山还是不来。

三三两两下车,找所长,病假。副所长,出差。回办公室冲茶抽烟,只当没有讨论会这回事。

李山来了——大伙儿弃烟丢茶,纷然登车,七嘴八舌骂得车厢要炸了似的。

"十七个等你一个,又不是所长,车夫神气什么,也学会了作威作福。"

"瞧他走来时慢吞吞的那副德性,倒像是我们活该,李山,你知不知道你是吃什么的!"

"我们给车钱,加小费,李山你说一声,每人多少——你罢工,怎么不坚持下去,今天不要上班嘛,坚持两星期就有名堂了。"

"记错了，当是新婚之夜了，早晨怎舍得下床，好容易才擘开来的。"

"半夜里老婆生了个娃娃，难产，李山，你是等孩子出了娘胎才赶来的吧？"

"我看是老婆跟人跑了，快，开车，两百码，大伙儿帮你活活逮住这婆娘，逮双的。"

李山一声不响。自从我向他学开车以来，习惯坐在他旁边的位子上。那些油嘴滑舌的家伙尽说个没完，我喊道：

"各人有各人的事，难得迟到一回，嚷嚷什么，好意思？"

"难得，真是难得的人才哪，谁叫我们自己不会开车，会开的又不帮李山的忙，倒来做好人了。"

竟然把我骂了进去。这些人拿此题目来解车途的寂寞，也因为平时都曾有求于李山，搬家、运货、婚事丧事、假日游览……私底下都请李山悄悄地动用车辆，一年前这个嘻里哈啦的小伙子肯冒风险，出奇兵，为民造福。近年来他概不理睬，大家忘了前恩记了新怨，今日里趁机挖苦一番，反正今后李山也不会再有利可用，李山是个废物，只剩抛掷取乐的价值。

"话说回来，不光脸蛋漂亮，身材也够味儿，李山眼力不错，福份不小，该叫你老婆等在半路，我这么拦腰一把，不就抱上车来了么，夏天衣裳少，欣赏欣赏，蜜月旅行。"

"结婚一年了，老夫老妻，蜜什么月。"

"我是说我哪，他老婆跟我蜜月旅行，老公开车，份内之事。"

哄车大笑。

"女人呀，女人就是车，男人就是司机，我看李山只会驾驶铁皮的车，驾驶不了肉皮的车。"

"早就给敲了玻璃开了车门了。"

哄车大笑。

十六个男子汉像在讨论会中轮流发言，人人都要卖弄一番肚才口才。我侧视李山，他脸色平静，涵量气度真是够的。

"闭上你们的嘴好不好，不准与司机谈话，说说你们自家的吧，都是圣母娘娘，贞节牌坊。李家有事没事，管你们什么事？"

一个急刹车，李山转脸瞪着我厉声说：

"我家有事没事管你什么事？"

我一呆：

"我几时管了？"

"由他们去说，不用你噜苏。"

他下车，疾步窜过车头，猛开我一侧的车门，将我拉了出来。

"你倒怪我了？"我气忿懊恼之极！

李山一跃进座，碰上门，我扳住窗沿，只见他松煞车，踩油门突然俯身挥拳打掉我紧攀窗沿的手，又当胸狠推了一把——我仰面倒地，车子一偏，加速开走了。

"李山，李山……"我仓皇大叫。

巴士如脱弦之箭——眼睁睁看它冲出马路，凌空作抛物线坠下深谷，一阵巨响，鸟雀纷飞……

我吓昏了，我也明白了。

心里一片空，只觉得路面的阳光亮得刺眼。

好久好久，才听到鸟雀吱唧，风吹树叶。

踉跄走到悬崖之边,丛薮密密的深谷,没有车影人影,什么也没有。

……

不能说那十六个男人咎由自取。我要了解那天李山迟来上班的原因——能听到的是他妻子做了对不起李山的事,不是一桩一件,而是许许多多,谁也说不明说不尽,只有李山自己清楚。

夏明珠

在我父亲的壮年时代,已婚的富家男主,若有一个外室,舆论上认为是"本分"的。何况世传的邸宅坐落于偏僻的古镇,父亲经营的实业,却远在繁华的十里洋场;母亲、姐姐、我,守着故园,父亲一人在大都市中与工商同行周旋竞争,也确是需要有个生活上社交上的得力内助,是故母亲早知夏明珠女士与父亲同居多年,却从不过问,只是不许父亲在她面前作为一件韵事谈。

寒假,古镇的雪,庙会的戏文,在母亲的身边过年多快乐。暑假,我和姐姐乘轮船,搭火车,来到十里洋场,父亲把我们安顿在他作为董事长的豪华大旅馆中。姐姐非常机灵,而且勇敢,摸熟了旅馆附近的环境后,带着我,不断地扩大游乐的范围。旅馆中上自经理下至仆欧,悉心照料卫护姐弟二人,任何东西开口即得,就怕我们不开口。父亲似乎知道不会失事出事,他也没有余暇来管束我们,倒是夏女士,时常开车来接我们去她的别墅共餐,问这问那,说到融洽处,要我们叫她"二妈",我和姐姐笑而不语了——母亲并没有叮嘱什么,是我们自己不愿如此称呼。她的西方型的美貌、潇洒的举止、和蔼周致的款待,都使人心折,但我们只有一个母亲,没有第二个。而且她一点也不像个母亲,像朵花,我和姐姐背地里叫她"交际花",吐吐舌头,似乎这是不应该说出声来的。姐姐告诉我夏女士是"两江体专"高材生,"高材生"我懂,就是前三名,总平均九十分以上的。"两江体专"是什么?只在故事里听见过"两江总督"。姐姐说,浙江江苏两省联名合办的体育专科学校,夏女士是游泳明星、网球健将。我听了,不禁升起了敬意,可是这敬意又被夏女士的另一称号所冲淡：姐姐说旅馆斜对面不是有一家很大很大的理发厅吗，夏女士，她就是"白玫瑰理发厅"的老板娘，"老板娘"，我讨厌。所以每见夏女士，便暗中痴痴忖度，她一举一动，一颦一笑，哪些是"老板娘"，哪些是"运动健将"，越辨越糊涂，受够了迷惘的苦楚。姐姐说，管她呢，反正我吃她给我的五香鸭肫肝，穿她给我的乔奇纱裙子，还不是爸爸的钱。我也吃鸭肫肝，我穿背带裤，白亮皮高统靴，还不是爸爸的钱。（那是夏女士陪我们去挑选的，定制的，如果我们自己去，店家哪会这样殷勤，两次三次试样，送到旅馆里来）奇怪的是，一进店，她就说："你喜欢这种皮靴，是吗？"我高兴地反问："您怎会知道？""很神气，像个小军官。"我非常佩服了，她与我想的一样。姐姐的心意也被猜中，她是小小舞蹈家，薄纱的舞衣，一件一件又一件，简直是变魔术，使我自怨不是女孩子，因此我走起路来把靴跟敲得特别响，我不能软软地舞，在路上，那是我神气得多了。

假期尽头，父亲给我们一大批文具、玩具、糖果、饼干，还有一箱给妈妈的礼物，说：

"对不起,我一直没有陪你们玩,怎么样,过得好不好?"

"还不错。"我答。

"什么叫还不错?"

"还可以。"我解释。

"不肯说个好字么?"

"还好。"我说。

姐姐接口道:

"很好,我和弟弟一直很快乐。"

爸爸吸雪茄,坐下:

"回去妈妈问起来,你们才该说'还好',懂吗?"

"我们知道的。"姐姐回答了,我就点点头。

爸爸把我拉到他胸口,亲亲我,低声:

"你生我的气,所以我喜欢你。"

归途的火车轮船中,我们商量了:妈妈一定会问的,哪些该讲,哪些就不讲,赛马、跑狗、溜冰、卓别林、海京伯——讲;别墅里的水晶吊灯、银台面、夏女士唱歌、弹琴、金刚钻项链——不讲;波斯地毯、英国笨钟、撒尿的大理石小孩,也不讲,理发厅?妈妈来时也住这旅馆,也会到那里理发厅去,可是妈妈不会问"你们老板娘是谁",我同意姐姐的判断。两个孩子虽然不懂道德、权谋、却凭着本能:既要做母亲的忠臣,又不做父亲的叛徒。

到家后,晚上母亲开箱,我和姐姐都惊叹怎么一只箱子可以装那么多的东西,看妈妈试穿衣服最开心。我心里忽一闪,是夏女士买的;还有整套的化妆品,像是外科医生用的。另外,一瓶雀斑霜,我问:"妈妈你脸上没有雀斑呀?"

母亲伸给我一只手:

"喏,也奇怪,怎么手背上有雀斑了,最近我才发现的呵。"

孩子的概念是:暑假年年有,爸爸年年欢迎我们去,妈妈年年等着我们回,一切像客堂里的椭圆红木桌,天长地久,就这样下去下去。哪知青天霹雳,父亲突然病故,是在太平洋战争爆发的前一年。从此家道中落,后来在颠沛流离的战乱中,母亲常自言自语:

"也好,先走了一步,免受这种逃难的苦。"

父亲新丧不久,夏女士回到这古老的镇上来了——

她原是本地人,父母早亡,有三个兄弟,都一无产业二无职业,却衣履光鲜,风度翩翩。镇上人都认为是个谜,谜底必然是罪恶的。夏明珠绰号"夜明珠",这次回乡,自然成了新闻,说是夜明珠被敲碎了,亮不起来哉。

我父亲亡故后,她厄运陡起,得罪洋场的一个天字号女大亨,霎时四面楚歌,憋不过,败阵回归。从家具、钢琴也运来这点看,她准备长住——像她那样风月场中金枝玉叶的人,古镇与她不配。她也早为古镇的正经人所诟谇谣诼,认为她有辱名城。所以,据说夏明珠确是深居简出,形如掩脸的人。当时消息传入我家,母亲轻轻说了句:

"活该。"

母亲不以为夏明珠会看破红尘,而是咎由自取,落得个惨淡的下场,抬不起头来。

夏女士几次托人来向我母亲恳求,希望归顺到我家,并说她为我父亲生下一女,至少这孩子姓我们的姓。母亲周济了钱物,那两个请愿,始终是凛然回绝的。有一次受夏女士之托的说客言语失当,激怒了母亲,以致说出酷烈的话：

"她要上我家的门，前脚进来打断她的前脚，后脚进来打断她的后脚。"

我在旁听了也感到寒栗，此话不仅词意决绝，而且把夏女士指为非人之物了。

说客狼狈而去，母亲对姐姐和我解释：

"我看出你们心里在可怜她，怪我说得粗鄙了。你们年纪小，想不到如果她带了孩子过门来，她本人，或许是老了，能守妇道像个人，女孩呢，做你们妹妹也是好的。可是夏家的三兄弟是什么脚色，三个流氓出入我家，以舅爷自居，我活着也难对付，我死了你姐弟二人将落到什么地步。今天的说客，还不是三兄弟派来的，我可只能骂她哪。"

我的自私，自卫本能，加上我所知的那三兄弟奇谲的恶名，听了母亲这段话，仿佛看到了三只饿鹰扑向两只小鸡，母鸡毛羽张竖，奋起搏斗——我不怪诗礼传家的母亲的忽然恶语向人了。

太平洋战争爆发后，转辗避难，居无定所。苦苦想念故园，母亲决定带我们潜回老家，住几天，再作道理，心意是倘若住得下来，就宁愿多花点代价担点风险，实在不愿再在外受流离之苦了。

当时古镇沦于日本法西斯军人之手，局面由所谓"维持会"支撑着。我们夤夜进门，躲在楼上，不为外人所知，只有极少几个至亲好友，秘密约定，上楼来一叙乡情。入夜重门紧锁，我和姐姐才敢放声言笑，作整个邸宅的旧地重游，比十里洋场还好玩，甚而大着胆子闯进后花园，亭台楼阁，假山池塘，有明月之光，对于我们来说，与白昼无异。实在太快乐，应该请母亲来分享。

畅游归楼，汗涔涔气喘喘，向母亲描述久别后的花园是如何如何的好，妈妈面露笑容，说：

"倒像是偷逛了御花园了，明夜我也去，带点酒菜，赏月。"

洗沐完毕，看见桌上摆着《全唐诗》，母亲教我们吟诵杜甫的五言七言，为了使母亲不孤独，我们皱起眉头，装出很受感动的样子。母亲看了我们几眼，把诗集收起，捧来点心盒子——又吃到故乡特产琴酥、姑嫂饼了，那是比杜甫的诗容易体味的。

这一时期,管家陆先生心事重重,早起晏睡,门铃响,他便带着四名男仆,亲自前去问答。如果他要外出办事,了解社会动态,他总是准时回返,万一必须延迟,则派人赶回说明,怕母亲急坏了。

自从夏末潜归,总算偷享了故园秋色,不觉天寒岁阑,连日大雪纷飞。姐姐病了,我一人更索然无绪,枪声炮声不断,往时过新年的景象一点也没有,呆坐在姐姐的床边,听她急促的呼吸,我也生病躺倒算了。

一日午后,陆先生蹑上楼梯,向我招招手,我悄然逸出房门,随他下楼——夏明珠死了!怎么会呢?陆先生目光避开,侧着头:

"我要向你母亲说。"

"不行,你详细告诉我,我知道该怎么说。"

"应该我来说,而且还有事要商量。你上去,等你母亲午睡起身,盥洗饮茶过后,你到窗口来,我等在天井的花坛旁边。"

我上楼,母亲已在盥洗室,等她一出,我便说陆先生有事要商谈,母亲以为仍旧是办年货送礼品的事,喃喃:"总得像个过年。"

我开窗走上阳台,向兀立在雪中的陆先生挥手。陆先生满肩雪花地快步上楼,一反往常的寒暄多礼,开口便说:

"昨天就知道夏明珠女士被日本宪兵队抓去,起因是琴声,说是法国马赛曲,宪兵队长一看到她,就怀疑是间谍,那翻译缠夹不清,日本人故意用英语审问,她上当了,凭她一口流利的英语为自己辩护,加上她的相貌。服装异乎寻常的欧化,日本人认定她是潜伏的英美间谍,严刑逼供。夜里,更糟了,要污辱她,夏女士打了日本人一巴掌,那畜生拔刀砍掉了她的手,夏女士自知无望,大骂日本侵略中国,又是一刀,整只臂膊劈下来……我找过三兄弟,都逃之夭夭……她的尸体,抛在雪地里——我去看过了,现在是下午,等天黑,我想……"

我也去……陆先生想去收尸,要我母亲做主,我心里倏然决定,如果母亲反对,我就跪下,如果无效,我就威胁她。

我直视母亲的眼睛,她不回避我的目光,清楚看到她眼里泪水涌出——不必跪了,我错了,怎会有企图威胁她的一念。

母亲镇静地取了手帕拭去泪水,吩咐道:

"请陆先生买棺成殓,能全尸最好,但事情要办得快。你去定好棺材,天一黑,多带几个人,先探一探,不可莽撞,不能再出事了。"

我相信陆先生会料理妥善,他也急于奉命下楼,母亲说:

"等着。"她折入房内,我以为是取钱,其实知道财务是由陆先生全权经理的。

母亲捧来一件灰色的长大衣,一顶乌绒帽:

"用这个把她裹起来,头发塞进帽里,垫衾和盖衾去店家买,其他的,你见得多,照规矩办就是。还有,不要停柩,随即葬了,葬在我家祖坟地上,不要平埋,要坟墩,将来补个墓碑。"

当时姐姐病重,母亲不许我告诉她,说:

"等你们能够外出时,一同去上坟。"

夏女士殓葬既毕,母亲要陆先生寻找那个希望作为我妹妹的女孩。

数日之后,回复是:已被卖掉,下落不明。

两个小人在打架

中学语文教师的一大苦楚是批改本子,各班长宦官进贡似的把一叠叠作文簿巍然垒在我办公桌上——兵临城下,挑灯夜战,此围甫解,另一批又堆个水泄不通。数十年来,鬓为之霜,眼为之雾。我想,退休固然是件不查办的撤职,到底也不必再日坐围城,愁眉难展了。

此一大苦楚不仅由于本子的数量多,而也因学生们写的文章千篇一律,读来昏昏欲睡,评语不能变化措辞,评分也给不出一个"五",给"二"又不忍,于是都是"三"。难得给个"四",那是看在字迹端正的分上了。

千篇怎会一律呢?也不知何年何月肇始,凡作文,叙事说理,都有两种思想在那里起伏搏斗,一是消极的,为私的,另一积极的,为公的,宛如太极图,黑白分明地周旋——例如,傍晚放学回家,路上拾到了钱包(那包中的钱,往往多得可观或惊人),如果动用了这笔现钞,母亲的病可以得到治疗,外婆家的漏屋可以迅速修好,弟弟可以添件新的棉大衣,"我"的球鞋早该换了……当此际,一个接一个的英雄烈士模范,恍若天神下凡,光灿灿地绕着"我"一打转,使"我"懂得了许许多多刚才似乎是全然不知的道理,那"我"自言自语:这钱包关系着失主全家的幸福,关系着某个工厂某个矿山的建设,关系着国家的兴旺,全世界人民……于是"我"决然历尽艰辛,物归原主,那惶急得正要自杀的失主紧紧攥住"我"的手,眼泪直流,连声问"我"姓甚名什么,"我"无论如何不说,只留下一句:"这是我应该做的。"然后拔脚就跑,也顾不得那双旧鞋子快穿了底。

我提笔凝神,心想,但愿如此,又想,既然如此,又何必写入文章,那作文簿的封面上不是端端正正具着姓名么。而且个个学生都拾到过钱包,我自忖一向总是低着头走路,就从来没有瞥见过钱包之类的东西。当然我也能做到物归原主,而认为可以彼此通名报姓,做个朋友,有机会经常提醒提醒,这样事关紧要的东西,千万小心谨慎才是。

语文教研组共八人,平日各自闷头批阅,谁也不吭声。那年暑假后,新学期伊始,来了一位赵老师,剑眉星眼,身手矫健,好一个天生我材必有用的体育教师。不料,教务主任带他来到我们的教研组说:"赵世隆老师是师范中文系刚毕业,相信一定会给我校的语文教学带来蓬勃的生气,犹如当年的赵子龙!"说得我们开怀大笑。作为语文教研组组长,我致了欢迎词。赵老师谦逊了几句,言下颇有自信心,使原来由五个老妇三个老头组成的教研组霎时充满了光和热——世上常有此类由言词和表情而引起的一刹那的光和热,过后又仍是常规的阴冷,暮霭沉沉。

一星期,两星期下来,赵老师在教研会上发言:

"怎么搞的,学生作文,都是脑子里两个小人在打架,也谈不上两种人生观两种世界观的矛盾,不过是白脸红脸好人坏人纠缠不清。是谁教出来的。积重难返吗,我倒是不相信,我非赶走这两个小人不可,这样没头没脑地打下去,还算什么作文,简直胡诌,简直误人子弟!"

大家欲辩还休,明知挨了骂,也都还忍得住,否则,学生们是两个小人在脑子里打架,我们教师则将在脑子外面大打出手了。

赵老师果然不凡,连续一周不讲课文,专斥"两个小人在打架"的不良文风,并选出几篇打得特别厉害的,加以示众,读一句,挖苦一阵,学生们乐了,那被挖苦的学生也乐。他们都喜欢新鲜事物。全校沸沸扬扬,公认"两个小人在打架"这一提法提得好,谁又愿意写这种骗人的东西。可是我们这五个老妇三个老头怎样来继续指导作文呢,我背着赵老师,非正式地召开了一个会,决议是:出些"我的家庭""秋郊一日游"之类的不容易引起小人打架的作文题。

等到作文簿子上桌来，我呆住了，"两个小人"在家庭里打架，爸爸妈妈都参战，爷爷和外婆也壁垒分明。出游秋郊，则从隔夜买面包起一直打到是日天黑回家，这"两个小人"也真累坏了。

我不批改，统统发下去，重写——学生愁眉苦脸。央求道："怎样写呢？不这样，我就写不来！"

赵老师在会议上不是发言而是发火了！我说："人的思维活动，或说思想方法，倒是对话式的，问答性的，学生们是受了一种道德上的愚弄，只会说假话，不会说真话，所以不是个文风、写作法的问题。"赵老师不以为然，他认为可以直接在课堂中教会教好学生写文章，否则要我们这些教师干什么。女老师中有人认同我的观点："其实，谁不是'两个小人在打架'呢。我怪学生的倒是假打架，不是真打架。"

赵老师立起来，大声说：

"优柔寡断，老朽昏庸，自然是遇事不决，举棋不定——所以说，成不了气候，办不成大事。"说毕推开椅子走了。

我也就此宣布散会，怕再谈下去于赵老师的尊严不利，而且赵世隆为人豪爽真诚，确是说一不二，肝胆照人，我倒是觉得他这颗古侠士的心，落在无数小人假打架的作文本子的围城中，是英雄无用武之地呵。

事态并没有僵化，没有轩然大波。语文课照常上，作文本按时缴，及时批，两个小人照打不误。

赵世隆明显地趋于沉默寡言。学生间也不再听到赵老师长赵老师短的拥护爱戴之声。我为这一颗新星的迅速黯淡而不免感慨系之，初来时的英锐之气，原是可爱的，他反对两个小人打架，原也应该，就只把我们的受委屈，委曲求全，一律看作优柔寡断老朽昏庸，我有点伤心。那女老师说得中肯，难道我们就看不清学生们在作什么，"哀莫大于心死"倒还不至于，哀莫大于心假却已成了客观存在了。赵世隆年龄、学识比学生们总要大些、多些。他就看不到这几个分明摆在那里的层面么。

赵老师走近来了，我感应到他要与我谈谈，他郑重其事地要我一同去找个幽静的所在，我同意，二人沉默着走上顶屋的露天平台。

他说：

"不是找教研组组长谈，您是我的父辈，有些私事想告诉您，目的是听听您的分析判断，自己已经当局者迷了，我认为你是唯一能听了我的私事不会对别人透露的忠厚长者。"

我说：

"承蒙你信得过，那就讲吧。"

静默了一会，他低声地开始：

"我结婚以后，妈死了。爸爸和我女人一开始就谈不来，越闹越凶，说到了妈是我女人气死的，她吵着要归娘家，再有什么三长两短，她担不起罪名。爸爸决意回乡下老窝，这也算太平了，每月寄生活费给他便是。哪知最近来信说：他要结婚，对方是个寡妇，没有后代。爸爸一是认为这样的机会难得。二是他愈来愈老，没人照顾。意思是非结婚不可，这本来是他的事，然而难在要我增加他的生活费，几乎是加一倍，我女人又哭又骂，实际上我这里夫妻小孩三个人自身难保，每月寄给爸爸的已是肉里钱，可是爸爸回信口气十分强硬，说：不结婚，就离开乡下，重来与我们同住，我们有责任照顾他到老死——想想嘛，他有个老伴也是正经事，再想想如果那老太婆生病或是什么的，岂不是反而要他去照顾她了，那就还不如让爸爸来与我们同住较为节约、妥当。但是，他当时回乡的原因，这原因还存在，我女人决不会改变态度。况且，爸爸说的也不是真心话，是逼我们增加生活费——这样，岂不是除此之外，没有办法安定他了，可是我哪里来额外的钱，而且每个月都要寄的。左思右想，简直没有利弊可以比较，实在束手无策，正在这时候，真没有料到，我真不想说……但事到临头，唉，您说怎么办……怎么办……"

"看来你还是得和你家里人商量，想法增加点收入，补贴给乡下的老人。"

"商量什么，她是……我早该明白，现在回想起来，蛛丝马迹明显得很，我瞎了眼！"

"她确有对不起你母亲的行为？"

"对不起我……打发孩子跟邻家去看电影，她没料到从来不生病的我，偏偏昨天下午病假。"

我已明白，挥了挥手，免得他说那种说不出口来的话，然后由我接下去：

"果真如此，生气是无用的，还是商量对策、决策。"

他摇摇头。

"何至于此呢？"我反问。

"为她，我全不考虑。为我自己，不得不考虑，考虑来考虑去，毫无办法。"他低了头。

"你也有什么把柄落在她手里？"

"君子坦荡荡，我一生没有做过见不得人的事，可是，结婚到现在，我不了解她，她倒真正了解我了，她说：我一不抵赖，二不求原谅，孩子跟你跟我，随便，说离婚就离婚，不离婚，打架，有人帮我打；骂我，你就大声点，让左邻右舍听明白，赵家出了大喜事。我这关了门窗跟你悄悄说，为的是照顾你的面子——她真了解我，知道我最要面子，如果我不是教师，好办些。我是教师，一个被败德的女人抛弃的男子汉，还有脸上讲台，我的脸比黑板还要黑……离婚，等于真相大白。不离婚，她还会叫那男人来。分居，我走，走到哪里去。她走，她不走啊。弄死她，她倒已经想周全了，说：我死了，你也可以死，孩子怎么办？老人家怎么办？

我死你不死，孩子会恨你一辈子，杀死妻子的人还有脸当教师，我巴不得你不死，受罪一辈子！"

赵世隆聪明能干仪表堂堂，怎么会有不忠实的妻子，我问：

"原先很好的，怎会变了心？"

"我也问自己，也问她，你知道她怎样说，说我对她不依不顺，那人对她百依百顺，还反问我：你做得到么——这婆娘真不要脸！我恨的是她，那个鬼男人，我倒不在乎，他跳窗逃跑时，我还把衣裤扔了下去，当然我也怕他那副狼狈相惹人注意，事情就会张扬开去，我真是死要面子。"

"倒是难，事情是难在你要面子呵！"

他不注意我这个感叹，径自说下去：

"爸爸的事，她的事，我想来想去，无路可通，死，一了百了，但是真太便宜了她，她会骗孩子。孩子小，我现在与他说不清，也说不出口。我死后，孩子大了，她会造个谣，道是你爸爸做了坏事只好自杀。还有，我想到我死了之后，那鬼男人正好堂而皇之进门来，坐我的椅子，睡我的床，虐待我儿子。死了当然不知道了,我可不能带着这样的念头去死啊!"

"别这样想,我是说往好的方面想想看。"

"没有好的方面,我不死,这样的家,我有勇气走出来,到学校来上课,可没有勇气走回家去,已经两天了,够了!"

"对她说,只要以后不再跟那人来往,你可以原谅她。"

"说了。"

"那就行了!"

"她说:我不要你原谅,倒要我喜欢的那个人原谅你吓着他了!"

这女人是难对付,她紧紧抓住赵世隆死爱面子这个成为弱点的特点,就是不放。

"你想,我该怎么办?"他哽咽着问道。

我边听边思索着解决问题的可能性,无奈一丝光亮也透不出来,自知给我再多的时间也琢磨不出什么好主意。

呆了一阵,赵世隆自破沉默:

"这也好,证明是无路可走了,天无绝人之路这句话是有了路之后才说的,我是没有路了,别人当然是指不出路来了!"

第二天上午没有见到赵老师,下午等他到三点钟,还不来,我去他家,那女人神色平静地说:"去乡下看老人了。"为何不办请假手续呢?女人悠然答道:"我以为他办了的,那我补个条吧,请你带回去交了。"

请假条我是交给教导处的,我认为事情绝非如此简单。赵老师的课没人愿兼,只好由我担当,且不说课堂上的唇敝舌焦,办公桌上作文簿的堆积如山,我总归行将退休,顶过这最后一关也就是了。

赵世隆从此失踪,校方调查了一番,不了了之。学生们尤其忘得快,谁也不提赵老师、赵子龙了。倒是语文教研组开会时,几个女老师,总是嗓音忽而高扬忽而低抑,议论赵世隆的变故,凭她们的本能,多疑的天性,几乎猜出了这个谜的一大半,也有人已经看到那男的大清早从赵家出来,赵师母也比从前气色好,打扮得时髦了——她们认为赵世隆是被谋杀的。我装作什么也不关心,没兴趣,心里明白:他是自杀,否则是出走。

我终于退休,长日无所事事,别有一般没有什么滋味在心头。秋天,京城的表哥来信,他也告老在家了,邀我去玩玩,否则他下江南一游,我认为两个设想都可以实现,便欣然复信,继之整装登程。

首都风光,新意盎然,表兄弟谈的尽是旧梦,我们返老还童的不是童颜而是童心,二人形影相随,稍一不见,彼此呼叫,仿佛谁失踪了似的。某日他要作学术讲演,倒不让我去听,解释道:你坐在下面,我在坛上就不好意思胡吹八吹了——我是体谅的,便独自去公园饮茶。

退休生涯,南江北漠,野鹤飞在闲云里。我已不止一次发觉自己的脸上凝固着微笑,这是傻相,该纠正为恬然木然的样子,才与我的年龄身份相符,我试着做,做到了,而不知不觉,那傻气的微笑又布满了嘴角眼梢——也不能说是虚伪,看一切,我是都抱着宽容的心态,譬如说,那公园的树荫下练武的一对小子,挥拳踢腿,汗流浃背,兀坐在旁的教头厉声指斥,翻覆苛求,这不是欺侮虐待,是为了徒弟的造诣前程啊。我以爱抚的目光瞩视那两个孩子你来我去地开打，杏眼炯炯，英气勃勃，不仅可怜，而真也是可羡可敬了。教练则虎视眈眈，出声如吼，不时用行话指点诀门要害，言之不足，还得上前去示范两下子——不是像赵世隆，是赵世隆，是他，我似乎并不奇怪，直到两个孩子下场休息了，才走近去……赵世隆一见我就站起来，握住手，开口就是：

"请你别提南方的任何消息。"

我打趣：

"土生土长在北方，我从来没有到过南方啊。"

他笑了：

"还记得'两个小人在打架'么。"

我点点头，决不由我重提旧事。

"那时候，我找你，在楼顶的平台上，我脑子里不止是两个小人，是十个廿个小人乱打架呢。"

"谁打赢了？"

"谁也打不赢，所以我逃了。"

"逃得好！"

"改行，从头来，武术也有理论研究，动动笔，还行。"

"有作文本儿吗?"

"有,纯粹是理论探讨。"

"可好了!"我很高兴。

"以前是我错!"

"那是更大的,整个儿的错引起的。"

"我这一走,走得……"

"对,当机立断,举棋即定。"我真心称赞,并且笑道:

"你倒成了小人打架的专门家了!"

我分开双手,放在他那一对徒弟的两个汗滋滋的头顶上。

ＳＯＳ

门都打开，人都拥到走道里……

（他退进舱房，整理物件）

船长室的播音：

……营救的飞机已起航……两艘巡弋的炮舰正转向，全速赶来……

船长说，但他不能劝告大家留守船上等候……

船长说，但如果旅客自愿留在船上，他也不能反对，因为，下救生艇，并非万全之策，尤其是老人和孩子们。

按此刻船体下沉速度……

排水系统抢修有希望……

（他能加快的是整出最需要的物件，离船）

……决定下艇的旅客，只准随带法律凭证、财产票据、贵重饰品……生命高于一切……身外之物，必须放弃……

镇静，尽快收拾，尽快出舱，一律上甲板列队，切勿……

镇静……务必听从安排……

每艇各配水手，切勿……

（不再注意播音）

刹那间他自省从事外科手术的积习之深，小箱整纳得如此井然妥帖，便像缝合胸腔那样扯起拉链，揿上搭扣。

懊悔选择这次海行。

（经过镜前，瞥一眼自己）

走道里物件横斜，房门都大开半开，没人——他为自己的迟钝而惊诧而疾走而迅跑了。

转角铁梯，一只提包掉落，一个女人也将下跌……抢步托住她，使之坐在梯级上，不及看清面目，已从其手捧膨腹的伛偻呻吟，判知孕妇临产。

挽起，横抱，折入梯下的舱房，平置床上：

"我是医生。"

（走道里还有人急急而过）

他关门。

她把裙子和内裤褪掉。

"第一胎？"

点头，突然大喊，头在枕上摇翻。

"深呼吸……

听到吗深呼吸！"

台灯移近床边，扭定射角，什么东西可以代替皮钳，也许用不着，必需的是断脐的剪子。

"深呼吸，我就来，别哭。"

（回房取得剃须刀再奔过来时船体明显倾侧）

她覆身弓腰而挣扎。

强之仰卧，大岔两腿，屈膝而竖起——产门已开，但看胎位如何……按摩间觉出婴头向下，心一松，他意识到自己的脚很冷。

（海水从门的下缝流入）

她呼吸,有意志而无力气遵从命令,克制不住地要坐起来。

背后塞枕,撕一带褥单把她上身绑定于床架。

双掌推压腹部,羊水盛流……

"吸气……屏住——放松……快吸……吸……屏住——屏住。"

婴儿的脑壳露现,产门指数不够,只能左右各伸二指插入,既托又曳……

婴儿啼然宏然,胎盘竟随之下来了。

割断脐带,抽过绒毯将婴儿裹起,产妇下体以褥单围紧……

她抱婴儿,他抱她

看见也没有看见门的四边的缝隙喷水

转门钮——

海水墙一样倒进来

灌满舱房

(水里灯还亮)

灯灭。

完美的女友

那年在中国的京城,我主持一项工程,历时两载。下榻于某家专门招待西欧来宾的旅舍。职员很有礼貌,白套服,黑领结,都是高中毕业又经过专业训练的——我休息、饮食,可称安适。房租是由石油部付的。餐厅只有楼下一个,绿叶扶疏,幽静宜人,餐毕,侍者用铜盘托来账单,签个名,月底结算。唯一不满足的是,不像生活在中国。

我对这个名城是陌生的,所以休假日多半出游,而不喜结伴,虽寂寞,却是平平稳稳,像艘帆船在晴光微风的海面缓缓航行。

夏日某次筵席上,遇见了旧时同学,她已是颇负盛名的雕塑家,工作场离我住的旅舍很近,正在放大一件建筑装饰。

散席时,她说:

"那浮雕很累人,中午想睡一会,你白天不在,可否关照值班人员,给我钥匙。"

我很高兴地同意,旅舍人员也很高兴为著名的艺术家服务。一天又一天,我不安,日益不安,希望她早些结束那附近的工作,不再来此午睡。

因为每当我夜晚归来,房屋总有新鲜感;或是名贵的花,或是书桌上多了几件小摆设,抽屉里有巧克力,本来满着的饼干箱,又换了品种,大盆的水果,是清朝宫廷格式,吃不了,只闻香味——想像到她每天来时,提包捧花的模样,我难受得发愣。向晚的归途中,兀自担忧,不知房里又出现什么新鲜感,这不再是我原来的房间,像是走错了门。

事态在扩展、激化。某晚,我惝然启门,先看见壁上的哥德像,然后是窗畔艳红的大理菊,一盆非洲常春藤吊了起来,绿叶绕过台灯,垂及古银镂花的椭圆镜框,中有普希金的相片。书架上原是几本笨重的工具书和零落的数据资料,此时却严严正正地站着大排世界名著——这是个文学家的书房,我成了勿知趣的闯入者,不仅是发愣,而是发愁了。

是否去向石油部说,为了工作方便,我搬到招待所去……然而这是逃遁,逃遁是卑劣的。

坐立不安,倒在床上,一侧身,发觉枕畔也有变化——是件丝质的白衬衫,百合花般的大翻领,手工缝制,天!哪有时间睡午觉,这针针线线的活儿,多费神。我见过别人穿这种式样的衬衫,例如拜伦、罗密欧等,那是什么时代,怎样的天生丽质,我是一生一世不配穿的,对之不禁毛骨悚然——我的同学旧病复发了。

我和她中学同班,都爱文学,写罗曼蒂克兮兮的诗,后来她选择了绘画雕塑,我选择了物理化学。

我们是同住在一幢公寓里的,中学毕业后,虽然分了校,对文学的热情还是一致而不衰。那时的社会动荡得厉害,我是热血青年,弄得必须流亡时,她给我船票。归返而病倒，她给我药物。想看很多新书，一本也买不起；她每次带些来，说是借给我，从不拿回去——她梦想我成为诗人，这个十五六岁的人的病，竟会在三十五六岁的人的身上再现，我已久不近诗，偶或触及，像闻到使人窒息的酒糟的浓香，还是石油的气味好受些。

二十年中，战争、婚姻、职业和生活的沧桑，都是中年人了，沉郁而开朗，既然重逢，谈笑风生，有一种是自然又是人工的超脱，我很珍重自己的中年，也很尊敬别的中年人，常对同辈的朋友说："正是开怀畅饮的嘉年华啊。"

与女雕塑家重逢后，饮得不多，谈得更少。彼此忙于工作。生活琐事，毫无兴趣啰嗦，我的本行，她是不问的，她的雕塑事业，我有一点点好奇心，就评论起古今的雕塑家来，真奇怪，她推崇的几位，我漠然，我赞赏的几位，她已是近乎反感，我学会哈哈大笑，她学会闷闷不乐，话题急转为"你再来一杯咖啡，还是红茶"。时或同看电影，也曾于散场后漫步夜的街头，对那电影的导演、演员的艺术，所见略同，互为补充；

不期然涉及剧中人的善恶、贤愚,岔路渐显,甚而争论,分手时各自作出一副不介意的样子。有一次看了《梅丽公主》,我自来同情皮恰林,她认为他是全然不良的,我为之辩解了一阵,她说:"那,多半因为你是一个男人。"

别的朋友来看我,对我居处的"情趣"议论纷纷,他们受到我精美点心的招待,却怪我奢华得女性化、孩子气。不知哪个机灵鬼,打听到每天有位女士,准时来布置房间,增添食品。他们要我公开,我被扰烦了,承认有这么回事,但从早到晏,我不在,没有见着她,夜晚她是不来的,朋友们笑道:

"那是田螺姑娘!"

小时候我听到过这个民间传说:田螺化成女人,白天为渔夫料理家务,夜晚她回复原形,躲在水缸里。朋友们引此典故,我也觉得情况相去不远,便认同了。这还不能平息满屋子的兴奋,定要亲眼见见"田螺姑娘"。我对雕塑家说了这个笑话,她素来豪爽,表示由她作一次宴请,于是大家聚在华美的酒楼上,她俨然东道主,丰盛的肴浆,盈盈的笑语,宾客中有几个也是当年的同学，谈来格外有味。谁也没人称她田螺姑娘或田螺夫人——宴会很成功，事后都赞美她的不凡、超群。她与丈夫分居多年；那时候正办完仳离手续，于是朋友们一致认为我和她即将由同居而结婚了。

全然不是这么回事。她已不再来旅舍午睡，我也结束了石油部的那项工程，临别的忙碌，使我至今也记忆不清，何以我上飞机时，送别的众人俦里没有那雕塑家，除非她当时不在京城，此外，就没有原因可以使她不来送别的。

之后，通过一两封信。之后，又是类似战争的骚乱，生活和工作的沧海桑田。之后，遇见了一个从她那里来的朋友，说：她常谈起我……关于她自己呢——已复婚。有了儿子和女儿，很可爱的。事业顺利，雕塑件数倒并不太多。

可平安了，大家都已是老人。我写信，叙完了旧事，添说：在道德上我并非问心有愧，而是你数十年来不倦的善心，使我一想起，便觉得自己是个罪人。

不久，收到回信："我没有像你所说的那么好，不值得你称道。"除了这两句，其他的都似乎是节自报端的社论——信不长,我却感到她说了许多话。

从她最后的一封信看,我觉得,她和京城中满街走的老妇人行将看不分明,我很喜欢很敬重那里的出没于胡同口、菜场上的归真返璞的老太太,即使她们争斤论两,也笑口大开,既埋怨别人的不公平,又责怪自己太小气。

中国的京城,除了风沙袭人的春天,夏、秋、冬,都是极可爱的。尤其是十月金秋,蓝天、黄瓦、红枫,一个白发的老妇人,腰挺挺地骑着自行车,背后的车架上大捆的菠菜、胡葱,幸福而颤抖……

"您老好啊,上我家来玩哪!"

但愿我能有这样喜乐的一天,作为她家的宾客。如果她住的不是洋楼,而是古风的"四合院",那就真是一个完美的梦。

七日之粮

今夜的天色正合司马子反的心意。

月亮是圆的，云气很盛，飘得快，地面一阵暗一阵明，要偷瞰宋城，那是最好的机会。

司马子反决计独自爬登距堙，这用土壅高而附上城去的斜坡，甚陡，他手足并举，听着自己的呼吸渐促，背脊汗水发痒，想起长久没有洗澡了。

快到顶端时，攀伤指甲，忍痛作成最要紧的收腹撑跃，站定在城头，不由得呕出几口酸水，蹲下来而就此坐倒，他抑制了呻吟。

月色明一阵,暗一阵。

举目望去,宋城规模不小,准备巷战的壁垒,可称森严,然而灯火稀落,不闻刁斗更柝之声,弥漫在夜气中的是异常的焦臭,绝非田父积肥的野烧,倒像是大火灾之后,但全城屋舍俨然,这就奇了。

此城墙其实是外郭,所谓三里之城七里之郭,隔着河水,静悄悄,没有巡逻的戍卒,想必是隐守在要害处。

司马子反凝了凝神,蹑手蹑脚沿边向那举烽的粗木高架近去。

既及垛口,探首一瞥,果见两条汉子盘踞僻角,却是垂头而睡,鼾声正浓。

他忽然高兴起来,月光照着甬道的台级,如果就此摸索下去,深入虎穴探个究竟,似乎已经不是妄想了。

跫声,有人上来!

子反闪匿在垛阙的暗影里,屏息间已辨知来者行动滞钝,老了,或有病;继而确定是独行,独行则非换岗——他又高兴起来,睡熟的兵等于死尸,来者又不是兵,而且冥然感觉到夤夜登城的那个,很可能与自己的身份对等,而且……他惨然一笑。这时,跫声却没了。

跫声是没了?

侧耳细听,咻咻然那是喘息……

子反忽想下去作搀助,瞬间克制了这个怪念头。

跫声又起……颤巍巍,一个上大夫装束的龙钟背影冒出坑口,月光照着白髯,他双手按在膝盖上,连连咳嗽。

司马子反掸了掸下身的灰土,从垛阙的阴影里,直身移步上前:

"月出皎兮,佼人僚兮,舒窈纠兮。劳心悄兮……"

刚上城头的那一位当然吃惊不小,旋即镇定,接口道:

"月出皓兮,佼人懰兮……忧舒受兮……劳心慅……兮。"

此时司马子反差不多完全看准相对作揖的,是名传遐迩的华元大夫,那就不必兜圈子了。

"子之国,何如?"

"真是已经吃不消了!"华元抚了抚白髯。

子反：

"惫到什么地步呢？"

华元：

"易子而食之，析骸而炊之。"

子反：

"唉唉，甚矣惫……我相信您说的是实话，然而以一般的道理来讲，再穷，也还得装阔呀，拿木片把马嘴衔住，就显得槽里有的是秣粟；而您怎么把老底抖给了我呢？"

"君子见人之厄则矜之，小人见人之厄则幸之，我看您是个君子，就竹筒倒豆子嘛。"

彼此似笑非笑地笑了一下。

司马子反深深吸口气，用这气把话冲出来：

"诺，你们好好坚守城池吧，我们也只有七日之粮了，吃光，就回去。"

华元轻声问道：

"班师的路上不开伙食了吗？"

子反耸耸肩：

"所以说，我们至多只能再围两三天，余粮用于归途。"

二人相对拱手，作揖，影子投在雉堞上，几乎是很美丽的。浮云刚过去一块，另一块在移过来。

烽火台里的那两个戍卒，已被上大夫的对话所惊醒，然而听不懂"悄兮""慅兮"，各秉弓箭，呆立在阙口，眼看司马子反翻身退落距堙，华元大夫俯首目送，频频挥手，戍卒知道没有他们的份内事。

华元打了个呵欠，戍卒也要呵欠而强自忍住：

"您老辛苦了！"

"你们辛苦了。扶我下去，不必等人换岗。"

"扶您老人家下去，我们再上来。"

"不必了不必了，回营回营，嗯。"

城脚的石缝里蟋蟀嚯嚯地叫。

那边楚营帐篷的木桩之周，蟋蟀也嚯嚯地叫，辕门是竖两车辕相对为门，其下蟋蟀的叫声更繁。

司马子反进帐，拿起一个硬馍来啃，似乎很香，似乎可以喝点什么酒，似乎该洗个热水澡，转念还是不等天亮，当即去见庄王的好。

庄王也没有安寝，也正要打呵欠而把呵欠的下一半吞掉：

"怎么样？"

"侦察过了。"

"怎么样？"

"惫矣！"子反蹙起眉头，又松展。

"那么，惫到什么地步了呢？"

"易子而食，析骸而炊，华元大夫亲口告诉我的。"

"哎唷，糟透了……我还是要占领它，然后，再回去。"

子反把两手叠起：

"我对他们说，我们只有这点粮食了。"

庄王的声音很响：

"你做了什么哟！"

子反将双手分开，长跽而言曰：

"区区之宋，尚且有不欺之臣，可以楚而无乎，七日之粮，说也已经说出去了！"

庄王示意侍卫取酒，添燃松明之后，调整脸色，曼声道：

"好吧，那么你给我着即造一批房子，留守在这里，虽然，吾犹取此，乃后归尔。"说罢便作态赐酒。

司马子反接酒,谢了,说:

"好吧,君处于此,臣请归尔。"

庄王停樽莞然:

"你走了,我和什么人下棋对饮呢,那就一同回去吧!"

古时候的人,说了话是算数的,第二天卯时就下令拔营,即是说要带了七日之粮引师归去来兮。

宋城虽然知道解了围,也知道民生经济一时难以好转,不过大家有了一句口头禅:"前途是光明的。"

楚军的先遣部队,照例是轻装,辰时就打点出发了。庄王照例是位于中间的,所以是近午登鞍,他不欲乘革车的原因是,为了要赏览秋山红叶。许多后事当然由司马子反妥善收尾。庄王临走时歪着脖子道:

"你瞧着办吧,事情已经是这样了。"

所以司马子反显得慢吞吞地有条不紊,毋庸顾虑宋兵会来截后劫粮。

暮霭四起,少顷便皓月东升,十六夜的和昨日三五之夜的是一样圆,云没了。

司马子反望望银辉中的宋城,以为能听到些什么打击乐器的声音,然而仍只木桩之周的蟋蟀在叫,几幡有待收卷的旌旗在风里猎猎不止。

护粮官上前敬了个礼:

"大人的尊意是……"

"说过了,留一半下来。"

"那,我们自己只有七日之粮,路上可能要走八天,如果下雨的话……"

"宋城中,用自己父亲的尸骨,烧别人的儿子的肉来充饥。"

护粮官低头。缩脚退去了。

司马子反负手踱步在刚拆掉辕门的路边,传令兵从背后走过,他指着猎猎的旌旗喝道:

"还不把这些东西统统收起来!"

这时宋城的门徐徐开了一条缝,挤出十来个高矮不等的人来,远望越加显得骨瘦如柴,为首的白髯,无疑是华元。

司马子反向他们走去,却见他们停步,横排成一行。

他也立定。

古礼送者长跪注目,行者作揖挥手。

应得有一点声音,
一点声音也没有。
月亮。

芳芳 NO.4

芳芳是侄女的同学,侄女说了几次,便带她来看我了。明显的羞怯,人也天生纤弱,与侄女的健朗成了对比。她们安于乐于对比,不用我分心作招待,要来则来,要去则去,芳芳也成了熟客。算是我非正式的学生,都学键盘,程度不低。

我是小叔,侄女只比我幼四岁,三人谈的无非是年轻人才喜欢的事。虽然男女有别,她们添置衣履,拉我一同去品评选择,这家那家随着转——这就叫作青年时代。

丁琰是男生，琴弹得可以，进步不快，每星期来上两课。爱了芳芳，我早就感觉到有这回事。

夏天侄女考取了中央音乐学院，又哭又笑地北上了，芳芳落第，闲在家。说想工作。

芳芳仍旧时常来，不知是丁琰约她的，还是她约丁琰的。课毕，尽由他们谈去，我总有什么事够我小忙小碌的。

再到夏天，丁琰为上海音乐学院录取，我也快乐，他与芳芳做伴来，一起听音乐、做点心，不上课了，拉扯些新鲜掌故。侄女南归，住在我家，更热闹，谁也不知道芳芳不爱丁琰。

侄女对我说：

"其实并没有什么，她一点也不喜欢他。那些信，热度真高，越高越使芳芳笑，全给我看了。"

"不能笑，你们笑什么，我倒怪芳芳不好。以后你不可以看信。丁琰气质不错，也许，吃亏在于不漂亮，是吗？"

"问我？他又没有写信给我。"

"你们是不是笑他太瘦长，至少脖子太细？"

"好像你听见一样。芳芳是随便怎样也不会像丁琰想的那样的。"

平心而论,芳芳也不漂亮,也过分清癯,不知修饰,只是眉眼秀润——未免自视过高。

丁琰确是因为明悉了芳芳的全然无情而病了,病起之日,对我说:

"一场梦,不怨也不恨,上了想像力的当。"

我很喜欢他的朗达,夸奖道:

"教过你钢琴,没教过你这些,无师自通,到底不是十九世纪的夜莺了。"

我的话,反使他双目潆然,可见他是真的单独爱了好一阵——使我想起自己的某些往事。

不知芳芳要避开丁琰还是急于独立生活,她也去京城,进了某家出版社当校对。丁琰很少来,我家显得冷清。另有些客人,是另一回事。

常有芳芳的信,信封信笺精美别致,一手好字,娟秀流利,文句也灵巧,灵巧在故意乱用成语典故,使意象捉摸不定,摇曳生姿。如果不识其人,但看其信,以为她是个能说会道的佳人。如果这些俏皮话不是用这样的笔迹来写，一定不会如此轻盈。什么时候练的字？与其人不相称，她举止颇多僵涩，谈吐亦普普通通，偏在信上妙语连珠。我回信时，应和她的风调，不古不今，一味游戏。好在没有"爱"的顾虑。我信任"一见钟情"，一见而不钟，天天见也不会钟。丁琰来时，问起芳芳，把信给他看，一致评价她的好书法。

信来信往，言不及义的文字游戏，写成了习惯似的。某年秋天，我应邀作钢琴演奏比赛的评判，便上了京城，事先致函侄女和芳芳，不料即来复示，各要代购春装冬装，男人去买女装已是尴尬，尺寸不明，来个"差不多"买下带走便是。

当她俩试穿时，居然表示称心如意。我说：

"以后别叫我办这种事。"

评判的事呢，做个听众还不容易，大家说好，我就点点头，说差劲，我又点头，反正我的学生都没来参加比赛，我完全"放松"，背地里有人说我稳健持重，城府深——他们没有看见我和侄女、芳芳，三小无猜，大逛陶然亭儿童公园，坐滑梯，荡秋千之后，吃水饺比赛,我荣获第一名。

那年在京城,别的都忘个冥冥蒙蒙,只记得当时收到一封本埠信,芳芳的,其中有句:

"想不到昨天你戴了这项皮帽竟是那样的英俊!"

很不高兴她用这种语调来说我,所以后来见面,换了一顶帽子。

没有中断通信,不过少了,而且是从安徽寄来的,芳芳下放到农村去劳动,字里行间,不见俏皮,偶然夹一句"似水流年,如花美眷……"我笑不出,我在城市中也无非是辛苦逐食,哪有闲情逸致可言。这样又是两年过去。

芳芳家在上海,终于可以回来度春节,似乎是延期了。一个下午,突然出现,说是到家已一个多星期。她不奇怪,我可奇怪得发呆——换了一个人?我嘴里是问长问短,眼和心却兀自惊异她的兴旺发达,肤色微黑泛红,三分粗气正好冲去了她的纤弱,举止也没有原来的僵涩,尤其是身段,有了乡土味的婀娜。我这样想:长时的劳作,反使骨肉停匀,回家,充足的睡眠、营养，促成了迟熟的青春，本是生得娇好的眉目，几乎是顾盼昨然，带动整个脸……无疑是位很有风韵的人物。我们形成了另一种融洽气氛，似乎都老练得多。她言谈流畅，与她娟秀流利的字迹比较相称了。

她是不知道的，我却撇不开地留意她的变化，甚至不无遗憾地想：如果当年初次见面，就是这样的一个人……

在爱情上，以为凭一颗心就可以无往而不利，那完全错！形象的吸引力，惨酷得使人要抢天呼地而只得默默无言。由德行，由哀诉，总之由非爱情的一切来使人给予怜悯、尊敬，进而将怜悯尊敬挤压成为爱，这样的酒醉不了自己醉不了人，这样的酒酸而发苦，只能推开。也会落入推又推不开喝又喝不下的困境。因此，不是指有目共睹，不是指稀世之珍，而说，我爱的必是个有魅力的人。丑得可爱便是美，情侣无非是别具慧眼别具心肠的一对。甚至，还觉得"别人看不见，只有我看得见"，骄傲而稳定，还有什么更幸福。

我迅即趋于冷静。相识已五年，尽管通过许多言不及义的俏皮信，芳芳的心向我是不知究竟的，只看到她不虚伪,也不做作。但淡泊、胆怯、明哲保身,是她的特征。我曾几次去过她家,感到她对父母、弟妹,都用二分之一四分之一的心。她对音乐、文学,也懒散、游离——与其说她从不做全心全意的事,不如说上帝只给她二分之一四分之一的心。这个小小的宿命论,也就使我平下来,静下来。

本埠信——芳芳的老作风,善于说话贴邮票的。

这信……重读一遍,再读一遍,从惊悦到狂喜。结束时,她写道:"……即使不算我爱你已久,但奉献给你,是早已自许的,怕信迟到,所以定后天(二十四日),也正好是平安夜,我来,圣诞节也不回去。就这样,不是见面再谈,见面也不必谈了,我爱你,我是你的,后天,晚六点正,我想我不必按门铃。"

以我的常规,感到有伤自尊,她就有这样的信念,平安夜圣诞节一定是赋予她的?她爱我,不等于我爱她。我岂非成了受命者。赴约,她是赴自己的约,说了"我是你的",得让我也说"我是你的",就不让我说?就这样?

当时全没有意识到这些,只觉得事出非常,与我多年来认知的芳芳显然不符,她矜持、旁观。不着边际、怕水怕火,凡事浅尝即止——骤尔果断炽烈、大声疾呼……这些疑惑反而强化了我的欢庆,我状如胜利者,几乎在抱歉了,我有什么优越性使她激动如此?

分别婉谢了其他朋友的圣诞邀请。清理客厅卧房浴室,所谓花、酒、甜品、咸味……

是六点正,是她,是不必按门铃。

并未特别打扮,眼神、语气、笑容,一如往常,所以这顿晚餐也澹静无华,茫然于晚餐之后谈什么,就像是饮茶抽烟到深夜,照例送她上车回家。

亚当、夏娃最初的爱是发生于黑暗中的吗,一切如火如荼的爱都得依靠黑暗的吗,当灯火乍熄,她倏然成了自己信上所写的那个人,她是爱我的,她是我的,轻呼她的名,她应着,多唤了几声,她示意停止,渴于和她说些涌动在心里的话;然而她渴于睡……其实直到天色微明,都没有睡着过,我决意装作醒来,想谈话,她却起身了。

从浴室出来，她坐在椅上望着长垂的窗帘。

我迅速下床，端整早点，又怕她寂寞，近去吻她，被推开了。

一点点透过窗帘的薄明的光也使她羞怯么，我又偎拢——她站起来：

"回去了。"

这时我才正视她冷漠的脸，焦虑立即当胸攫住我：

"不要回去！"

"回去。"

"……什么时候再来？"

她摇摇头。

"为什么？"

"没什么。"

"我对不起你？"

"好了好了。"

也不要我送她，径自开门，关门，下楼。

圣诞节早晨六时缺五分。

能设想醉后之悔厌，或醉醒后一时之见的决意绝饮。我不以为她的幸福之感是荒诞无稽，也不以为她错了或我错了,即使非属永约,又何必绝然离去。

两天无动静,去她家,说回安徽了,这是明的暗示。春节后,知道她已北上。不知是谁告诉我的。

我没有得到什么。她没有失去什么。她没有得到什么。我没有失去什么,最恰当的比喻是:梦中捡了一只指环,梦中丢了一只指环。

是个谜,按人情之常,之种种常,我猜不透,一直痛苦,搁置着,猜不下去。

因为猜不下去才痛苦……再痛苦也猜不下去——是这样,渐渐模糊。

大祸临头往往是事前一无所知。十年浩劫的初始两年,我不忍看也得看音乐同行接二连三地倒下去,但还没有明确的自危感——突然来了,什么来了?不必多说,反正是活也不是死也不是的长段艰难岁月。我右手断两指,左手又断一指——到此,浩劫也算结束。又坐在什么比赛的评判席上。是"否极泰来"的规律吗,我被选为本市音乐家协会的秘书长,陡地宾客盈门,所见皆笑脸,有言必恭维。家还是住在老地方,人还是一个,每天还是有早晨有黄昏。

黄昏,门铃,已听出芳芳的嗓音——十四年不见。

头发斑白而稀薄,一进门话语连连,几乎听不清说什么,过道里全是她响亮的嗓音,整身北方穿着,从背后看更不知是谁。引入客厅,她坐下,我又开一盏灯,她的眉眼口鼻还能辨识,都萎缩了,那高高的起皱的额角,是从前所没有的。外面下着细雨,江南三月,她却像满脸灰沙,枯瘦得,连那衣裤也是枯瘦的。

她不停地大声说话,我像听不懂似的望着她高高的额角,有什么法子使她稍稍复原,慢慢谈,细细谈。

她在重复着这些:

"……要满十年才好回来,两个孩子,男的,现在才轮到啊,轮到我回上海……他不来,哈尔滨,他在供销社,采购就是到处跑,我管账,也忙,地址等忽儿写给你,来信哪,我找到音乐会,噢不,音乐协会去了,一回家,弟妹说你是上海三大名人,看报知道的,报上常常有你的名字,你不老,还是原来那样子,怎么不老的呢……就是嘛,要十年,不止十年了,安徽回去,不要了,到过长春沈阳,总算落脚在哈尔滨,大的八岁,小的六岁了,他要个女儿,我是够了,我妹妹想跟了来,我说上火车站……"

冲了茶,她不等我放在几上,起身过来接了去,北方民间的喝法,吸气而呷,发出极响的水声,而语声随之又起:

"你是三大名人,昨天,是昨天找到你协会,看门的把地址告诉我。其实我来过的,以为你早搬家了,我以为你在运动中早就死了,死了多少人哪,我也换了好几个地方,大连待过半年,你是一点不老,还是那样子,奇怪头发都不白,看门的说要找你得快,你马上要出国,是吗,英国?法国?还回来?我看你不回来了?你不老,昨天没有空,今天一天又买东西,我也就要走了,今儿晚上非得找到。到门口还担心,哎,茶,我自己来……"

想使她静下来,静下来才有希望恢复,给她沏茶,端盒糖果,找几本新版的琴谱,我个人的影集,题了字,延长"幕间休息",希望她的思绪接通往昔的芳芳,也就是从前的我。可惜门铃作响,多的是不速之客,进来三位有头有脸的大男人。

芳芳收起我的赠物，把茶呼噜喝干：

"不打扰了，走了走了，真高兴，总算找到，我走了，你们请坐，请坐，走了。"

请她留个通信处，她是一边念一边解释，一边写的。

送她到楼下，门口，她的手粗糙而硬瘠，而走路的速度极快，一下子就在行人中消失，路面湿亮，雨已止歇。

等三位不速之客告辞，我才在灯下细看她的地址，有一点点从前的笔迹，只有我辨得出。

"奇遇"还要来，来的不是人，是信：

"这次能见到你，真是意外，我一直以为你早已被迫害而死，我想，回到上海，家里人会告诉我有关你的消息，不用问，他们会说的。哪知你还在，还不见老，我真是非常高兴，真是不容易的，能活下来，也就不必去多想了，保重身体。

这次我买了船票，到大连再转火车，安静些也便宜些。好久不见海了，这渤海虽然不怎么样，也辽阔无边，一人站在甲板上，倚栏遥望，碧浪蓝天，白鸥回翔，我流下眼泪，后悔当初是这样地离开你，后悔已来不及，所以我更深地后悔，第一次流泪之后，天天流泪。

你到了外国，能写信给我吗？谢谢你给我的影集，其中还有我们在北京玩闹的照片。谢谢你给我的曲谱，我居然还读懂一些，你写得真好，很想在琴上并出来听听。

如果以后你回国，也请告诉我，知道了就可以了，不会打扰你的。如果你以后到哈尔滨，那请来看看我们一家。

异国异乡，多多保重身体！祝你万事如意！"

她在信封、信纸的末尾，又写了详细的地址，实在是诧异，说话已经这样猥琐唠叨，怎又写出这样的信来，字迹，那是衰败了，信纸是供销社的粗糙公笺。

去国前夕，曾发一信，告知启程日期，所往何国。那不谈比谈更清楚的一切，我没有谈，只说：

"我也非常高兴能重见你，感谢你在天海之间对我的怀念和祝福。我自当回来，会到哈尔滨一游，以前曾在哈尔滨住过半月，'道里'比'道外'美，松花江、太阳岛更是景色宜人,告诉你的两个可爱的儿子,有个大伯要见见他俩,一同去芦苇丛里打野鸭子……"

在宴会、整装、办理手续的日夜忙碌中,芳芳的信使我宁静……已不是爱,不是德,是感恩心灵之光的不灭。无神论者的苦闷,就在于临到要表陈这种情怀时,不能像有神论者那样可以把双手伸向上帝。我却只能将捧出来的一份感恩,仍旧讪然纳入胸臆——没有谁接受我的感恩。

"奇遇"还有,来的不是信,是一阵风——参观了伦敦塔后,心情沉重,我一直步行在泰晤士河边,大风过处,行人衣发翻飘,我脑中闪出个冰冷的怪念头:

——如果我死于"浩劫",被杀或自杀,身败名裂,芳芳回来时,家里人作为旧了的新闻告诉她——我的判断是:

她面上装出"与己无关",再装出"惋惜感叹",然后回复"与己无关"。

她心理暗暗忖量:"幸亏我当时走了,幸亏从此不回头,不然我一定要受株连,即使不死,也不堪设想——

我是聪明的,我对了,当时的做法完全对了——好险!"

这个怪念头一直跟着我。

久居伦敦的一位中国旧友,曩昔同学时无话不谈,他是仁智双全的文学家,老牌人道主义者。一日酒到半醉,我把前后四个芳芳依次叙述清楚,细节也缜密不漏,目的是要他评价我在泰晤士河畔的风里得来的怪念头——他一听完就接口道:

"你怎么可以这样想!"

静默了片刻,他说:

"明天,明天再谈。"

我笑:

"为什么要到明天,今夜准备为我的问题而失眠?翻那些参考书?"

他也笑:

"把我搅混了,你和芳芳,都是小人物,可是这件公案,是大事。你说蒙田,蒙田也一时答不上,我得想想,怕说错。"

第二天在咖啡店见面,我友确实认真,开口即是:

"你想的,差不多完全是对的!"

他的嗓音高,惊扰了邻座的两位夫人,我赶紧道歉。文学家说:

"你只会道歉,我倒想把这段往事讲给她们听听呢。"

"嘘——欧洲人对这些事是无知的。"

魔 轮

魔轮,是一种鸟的名称,巫者将其缚于轮上,转轮,便可使失恋的人复得爱情。

女人中,竟有一个,美得无法用言语形容。

赛阿妣泰

岛国难得下雨,赛阿妣泰喜在雨夕缓缓独行,一任纱袍湿贴在胴体上。

全城的男人天天等下雨,到时候,个个目中无雨,只见雨里的倩影。

赛阿姹泰在家梳妆打扮,临了才把几种香液搽在躯肢各部,发、手心、胸、腹、股、趾,馨息区异,犹诗之分句。分句,而后联成一首《赛阿姹泰》。

赛阿姹泰,这个芳名最初三天出现在那堵墙上,名下还加奥宝的数字,奥宝是钱币,雅典习俗,妓女的广告如此。

然而从第四天起,墙上不见她的芳名。

她的艳誉已遍溢全城,大得惊动了苏格拉底。

"既然无法用言语形容,就得去看她一眼。"

苏格拉底说。

她裸身站着。

画家画着。

苏格拉底看她,看画,再看她,不再看画。

画家停笔。她松了姿势。

"诸位,是我们应该感激赛阿姹泰肯把自己显示给我们看?还是她应该因我们观瞻了她而感激我们?"

没有回答。苏格拉底继续说:

"所以,她赢得的,是我们对她的赞赏,当我们传扬开去时，她会收获更多的令名。我们呢，见到了渴想中的环宝，然后动情地离去，还将深深忆念——这样就有个结果，一方是崇爱者，一方是受崇爱者。"

赛阿妭泰向苏格拉底欠身行礼：

"既然如此，我更应该感激你们了。"

她穿戴起非常昂贵的服饰，与她同在的母亲也富丽而超俗，众侍婢个个盛服靓妆。全座宅第在初秋的夕照中愈显得怡静堂皇。

苏格拉底：请告诉我，赛阿妭泰，你有田产吗？

赛阿妭泰：我可没有田产。

苏格拉底：也许有房屋足以收租？

赛阿妭泰：只有我自己住的。

苏格拉底：那么，有精于手艺的奴隶吧？

赛阿妭泰：这样的奴隶哪儿去找。

苏格拉底：你的生活所需从何而来？

赛阿妭泰：如果有人成了我的朋友，善待我，他就是我生活的倚仗。

苏格拉底：啊，赛阿妭泰，我凭赫拉女神对你说，你这种产业真是好极了，比获得一群羊或牛要强得多了。不过，你托庇运气，朋友会像蜂蝶飞来呢，还是用计策吸引他们呢？

赛阿妣泰：我怎能想得出什么计策？

苏格拉底：不难，比蜘蛛结网容易得多。

赛阿妣泰：难道你建议我也得织个网吗？

侍婢端来酒和鲜果，亮了华灯。

难道你没曾注意猎人，为了获得野兔也得用智谋；野兔夜间出洞觅食，猎人就驱使善于在黑暗中捕物的犬，追逐野兔。野兔一到白天就躲藏起来，猎人就换一种犬，能嗅出草丛间穴窟边的气味，又把野兔找到了。野兔腿脚敏捷，很快就跑得无影无踪，猎人又准备另一批奔得飞快的犬，但逃命的野兔有时还能逸脱，猎人便在路口撒下罗网，野兔撞上了，腿脚被缠住。

——苏格拉底取酒，润了润喉。

我怎能用这类方法来猎取朋友呢？

——赛阿妣泰的眼睛，像是吹进了一层灰尘。

当然能够，不用犬，用一个人，去为你寻找那些爱美而富有的人，找到了，再用方法使他们进入你的罗网。

——苏格拉底拿起一只果子又放下。

我,我哪儿来的罗网?

——赛阿妱泰闭上眼睛。

你有,你的肢体便是罗网,里面还有一个灵魂,这灵魂的罗网可是最能缠住人了,它懂得何时该巧笑,何处应流盼,什么话使人愉悦,哪种人值得款待,也知道飨轻薄子以闭门羹,它仔细照顾体气虚弱的朋友,它及时向新有成就的朋友深表祝贺,它倾身厚报那些赤诚眷恋你的人。至于爱,相爱,赛阿妱泰,它不仅需要温柔狂放,还需要善良的心……

赛阿妱泰低头轻声说

——这些计谋,这些是计谋吗,我想过用过了吗……没有想……没有用……

"所以,"苏格拉底接着说,

"按照一个人的性格,运用适合于他的方式来对待,那方式不适合于别人而唯独适合于他,这样,才能保住一个朋友,这样,他向你表示忠悃的时候来了,你,赛阿妧泰,这时候,你务必更恩惠他。"

"你说的是实话,尊敬的苏格拉底!"

"你只能要求那些爱你的人,做他们极不费力就可做到的事,然后你随即慷慨酬答,这样他们就由衷钦佩你,长久爱你。赛阿妧泰,别过早奉献爱情,你要等,等他们向你请求、恳求,甚而哀求,才把爱情给了。你看,最美味的食品,如果那人腹膈饱胀,他就不在乎,乃至讨厌,而粗粝之所以可口,是在什么时刻,赛阿妧泰?"

赛阿妧泰:"怎样才能使人如饥似渴呢?"

"先是,"苏格拉底,

"已经感到满足的人,决不再添一分,不要使他们想起这件事来,直到他们的这种心情消逝了,远远的了,那时,你就以端严的谈吐,若即若离的态度对待他们,他们慢慢饥了、渴了,而你仍要无视,就像全然不知他们的需求,这种需求因你的无视无知而终于达到顶点。赛阿妧泰,同样的赐予,因受者的需求的不同,品质就完全各异。"

"那么,苏格拉底,"赛阿妧泰,

"你为什么不和我一道来猎取朋友呢?"

苏格拉底——只要你能说动我,就一定与你共事狩猎。

赛阿妲泰——我怎能说得动你?

苏格拉底——如果真挚,你自己必能找到法门。

赛阿妲泰——那么,你常来我家吧。

苏格拉底

——赛阿妲泰,我可是个极不容易得到闲工夫的人,无数私事公事难解难分,还有许多朋友,白昼黑夜,都不让我离开,向我学习恋爱术和符咒。

赛阿妲泰

——啊,苏格拉底,你也懂得这些?

苏格拉底

——难道你以为阿帕拉多拉斯、安提斯泰尼斯,一直追随不舍,是为了别的缘故?凯贝塔、西米阿斯,远远从塞比到我这里来,为的是什么?你该知道,如果没有大量的恋爱术、符咒和魔轮,这样的事是不可能发生的。

赛阿妲泰

——那么，请你把这个魔轮借给我吧，我第一转，就要转得你到我跟前来！

苏格拉底

——哪儿话，我不愿被吸引，是你应该到我跟前来。

赛阿妲泰

——我就来，可你得开启心扉呀？

苏格拉底

——只要没有比你更可爱的人和我在一起，我总会让你进来的。

自从那次之后，赛阿妲泰没有得到与苏格拉底对话的机会。

因为，总有比赛阿妲泰更可爱的人与苏格拉底在一起。

月亮出来了

没料到外面早就下着大雨,既然付了账,不想再回进去。

雨势很猛,一时不可能停,我们相视而笑。

都市的尾梢,夜深沉,什么车也没有,是我们谈忘了时间,多喝了酒。

风吹雨斜,脸湿得痒痒的,两手插在大衣袋里,继而全身瑟缩。她更不幸,我说:

"再进去喝一杯?"

"一杯之后,雨不停?"

又相视而笑。

"没有车,就算雨停了,嗯?"

她皱起眉头,我答不上。

路远,没有车越想越远,夜深,天寒,雨大……

梦一般地在雨声中听出了马蹄声,而且很快近来——果然一辆马车,我俩同时大声喊叫,马车减慢,水淋淋光闪闪,停在酒店门前。

"亨利路,维克多路口,丽芒湖方向。"

"OK!"

"多少钱?"其实也不必问了。

"一百元。"马车夫报价惊人。

"五十。"

"八十。"

"六十。"

"OK."

我们钻进车厢,车夫整严幔子,一鞭鸣响,蹄声嗒嗒。黑暗中,又听见自己的笑:

"倒像是一场私奔。"我搂抱她。

"半夜坐马车,回上个世纪了。"

那是白天在公园边兜揽游客的仿古玩意儿,竟会鬼使神差地经过市梢。车夫意外做了笔生意,我们意外地顺利回家。通宵坐酒店,除非跳舞,不然凌晨三四点钟这阵子总会恶心难受。

"是说买好新车再卖掉旧车么。"她在对自己说。

"明天,随便你什么车,开一辆回来得了。"她在对我说。

"好,准定买回来,不过,是一辆马车,公爵夫人。"

"那可得你当马车夫了,公爵大人。"

说得我不敢贸然从事。

"不怪雨,不怪你急于卖掉旧车,怪酒,那酒……"我回味无穷。

"卡洛思神父酿的也不过如此。"

"真是把西班牙的整个春天喝下去了。"

"好的酒,已不是一种物质。"她喜欢小小的思辨。

"是酒叫你说这种话的,女巫。"

"怎会知道这家店里有这种酒。"

"否则我怎能算是魔法师。三天不说话,还是破了戒。"

"三天了吗。"

"第四天了。"

"假如没有这种酒呢。"她。

"这时候我大概已经整理好两只箱子。"我。

"在酒店里谈了些什么。"

"是你啰嗦,我是忘了呵欠。"

"啰嗦什么。"她。

"一小半是吴尔芙夫人。"我。

"她也算美女?"

"智慧从来不具性感。"

"克莉奥帕屈拉?"她。

"善用香料的女政客,精于烹调术。"我。

"现在已有性感明星兼女作家的。"

"算什么智慧。"

"我呢。"她。

"谈论事物不宜插入一个'我'。"

"真不害臊。"

"就是夏丽叶夫人,雷珈米尔夫人,也都很丑,别人以为慧中者必秀外,其实深沉的思想,无不损坏美丽的脸。"

"难怪乔艾斯说'从未听见过有女哲学家',他很得意。"她。

"乔艾斯得意,我不得意。出个女哲学家吧。"我。

"出了。"

"萨特太太吗。"我。

"德·波伏娃算不了,我说摩克多。"她。

"谢谢,只认同她是小说家,前世生活的回忆者之流。"

"牺牲美丽,女人肯付这个代价吗?摩克多倒不能说有多大的牺牲。"

"决定不做第一个女哲学家?"我。

"思想最初发自忧虑,到后来才不全是忧虑。"她。

"到末了,又回到忧虑。"我信口伴奏。

"但愿历史是一根弹簧,它却是链条。"她深不下去,转向广度。

"没有在酒店里谈得好了,灵感已经先我们回家了。"我宽慰她。

"都道奥斯卡的谈话使他自己的文章黯然失色?"

"全身华丽的闪光的刺。一个人如此耗尽生命?"我。

"是奥登还是艾略特?说,到了命运不要王尔德演下去的时候,王尔德还在演。"她。

"还是'命运要他演下去的时候,他不演了'的人聪明些。"

"女人知道把宝贵的东西珍藏起来。"她。

"那么多的匣子,外面是金属,里面是天鹅绒。看了就心烦。"我。

"挥霍天才比挥霍金钱要俏皮些。还是可惜。"

"两者皆无的人,你把他放在匣子里,才冤。"

"也插进一个'我'了,你以'他'代'我'。"

马车突然颠晃起来。斜侧,不动了——车夫在咒骂,我掀开幔子,不见人,声音在后面:

"不行啊,先生,陷在泥坑里啦,对不起,您能下来帮帮我吗,先生?"

我跳下,好大的雨。

"你去驾车,我推。"我命令车夫。

她也下车来了。

车夫又吼又挥鞭,我和她也像挨着鞭子一样,使劲扳转车轮,上了,又退下,再上再上,出了泥坑——人笑,马不笑,车也不笑,这样的十八十九世纪之夜。

钻进车,脱掉外衣,别的不想,都想抽烟,她的手提包内有个空烟匣,我掏衣袋,一团稀烂的烟渣。

"好夜晚,难得有助你一臂之力的机会。"

"难得有冒大雨死推轮子的公爵夫人。"

没有烟抽,醉意已退完……

马蹄声,雨声……

……

"先生,先生……"车夫又大叫。

"怎么了!"车又不动。

"先生!"

"怎么啦?"

我掀前幔,她揭侧帘——一派清辉,我们分两边跳下。

皓月中天,苍穹澄澈,几片杏黄的薄云徐徐飘过旷野,马在喘气,车夫一跃而下,摘下圆桶帽,满脸憨笑:

"月亮出来了!"

"月亮出来了。"我应该重复他的话。

这时才看清他是个漂亮的中年人,一身镶金边的古典号服,湿漉漉的浓髭,他的板烟香味,使我忍不住问道:

"您有纸烟吗?"

他点头,爬进车厢,翻起座垫,取出两包LIGHTS,分递给我和她:

"100 s,行吗?"

"很好,谢谢你。"

我和她各自一支在手,深吸,舒气,月色分外清幽,马嘶,划破夜的静空,远处的林丛缊缊着雾意,月光下的旷野有古战场的幻觉。

"迷人的夜。"我不会形容。

"迷人?"马车夫辨味这个词。

"迷人的月亮。"她向车夫解释。

他把车篷卸落,又翻开座垫,取出来的似乎是手枪,却不过是三块巧克力。

"带着什么燕麦吗?马饿了。"我不知道马是最喜欢吃什么的。

"对不起,回去再喂它。"

我走近,拍拍马的脖子,全是水,是雨也是汗,沉默的朋友,人类嚼巧克力,它挨饿。

"我们是造不完的孽,上帝不喜欢马,喜欢羊,暴君,养马是为了掠夺羊群。"她不忍看它,低头挽着我走向草地,鞋袜早已湿透,践水漫步,童心来复。

我:"这是一个古战场。"

她:"理查三世还是拿破仑。"

我:"最近拿破仑的那件灰大衣,卖到这样的高价,真没有意思。"

她:"不过,从一件穿旧的衣服上是可以想见……"

我:"拿破仑蜕变为女人,未必完全是生理的事。"

她:"不,当他在生理上趋于女性时,心理上还是男性。亚历山大则至少三分之一是女性。伟大的头脑都是半雌雄的。"

我:"你的吴尔芙夫人总是有理,举莎士比亚、托尔斯泰为例,男人女人都是半人,只有少数是全人。"

她:"他们才不像拿破仑那样挥霍精力。他一天睡三小时,尽管巧克力吃得多,内分泌哪能不混乱——

你该多睡些。"

我:"怕我变成女人。"

她:"那倒也好,你可以做第一个女哲学家。"

我:"那你还担心什么。"

她:"任何一种挥霍都导致悲惨,你该为自己积积德。"

我:"少说刻薄话,多吃巧克力。"

她:"你嫌甜,就喝巧克力茶。"

我:"一天五十杯。"

她:"蒙德索是相信了巧克力会带来智慧,喝五十杯是一种疯狂,墨西哥人自己先上自己的当,才会上西班牙坏蛋的当。"

我:"这是瑞士货,马车夫也许是巧克力间谍,座垫下藏有二十张配方!"

她:"你看你……"

我:"就因为你说我的刻薄是伤心激出来的,我才约你见面的啊。"

她:"那是当初啊,但是伤心也可以使人宽厚。"

马车夫过来了……

我握住他的手：

"你担心发生了谋杀案?"我把另一只手放在他的阔肩上。

"你们谈得很快乐,马不跟我说一句话。"

"回家有说话的人吗。"

"没有……有,没有了。"

"一部最浓缩的小说。"她赞赏马车夫文笔之精炼。

"我也是：有,没有了,又有了。"我安慰他,文笔不及他。

"愿你们永远有。"他。

"快会没有的。"我。

"为什么?"他。

"'不行啊,先生,陷在泥坑里啦'。"我学得很逼真。

"那是巧克力的泥坑。"她也不示弱。

三人相视而笑。

回吧——三人坐上自己的位置。

马的蹄声,车的轮声,他的口哨声,平时我们开车从未经过这一带,只听说是大片墓地,谅必是绕了远路了,前方黑沉沉的林子,该是宅后的小冈。

"十九世纪还没有这种纸烟。"她。

"但有你这样的女人。"我。

"有你这样的男人。"

"有他这样的马车夫。"

"有它这样的马。"

"那时候的马车可真是梦一样地豪华优雅。"她。

"还是人生与舞台分不清的时代。"我。

"今夜是一个仿古的夜。"

"说了一些仿古的话。"

"命运不要我们演下去的时候……"她。

"我们向命运鞠躬。"我。

"为什么!"

"请它走开,我们自己会演。"

近家了,忽然变得急于结束这程拙劣的仿古的夜行。

下车,给车夫一张钞票,拥抱了他。

并肩疾步上台阶,我掏钥匙,她问:

"车钱?"

"一张。"

"一百元?"

"嗯哼。"

"怎么?"

"月亮出来了!"

她双手搂住我的脖子大笑,笑得我不能用钥匙开门。

第一个美国朋友

我与美国人交朋友始于七岁,那时我患了某种呼吸道过敏性的病,住在"福音医院"里。院长是美国人,大家都叫他孟医生,魁梧非凡,穿着白外衣,站在床前,使我这个小病人觉得他是一座雪山。听说曾有病人大量失血,血型与孟医生相同,为了抢时间,孟医生输给他很多血后喝下两大罐牛奶,立即进行手术,第二天也不休息,精神饱满地照常工作,大家都敬佩他的好心肠好体魄,我喜欢的是他顽皮的说笑,有趣的表情和动作。因为我非常贪玩,那些护士、护士长、医生、役者,都不和我闹,这白墙白窗白椅白桌白床白枕的头等病房里,就只我一个白色的囚徒。日子真难过,溜出去,走不远就被捉回来,还向家里告我的状,真是个白地狱。我恨透了这充满来沙尔味儿的空气。唯有孟医生笑着进房来时,我忘了自己是病人,他也忘了自己是医生是院长,我认为他是巡视了许多病房之后,到我这儿来休息、散散心的,所以我理所当然地说个不停,动个不歇,随从的医生护士不敢阻止我,因为院长自己也说个不停动个不歇,建筑积木,电动玩具,我在小教堂里速写来的牧师的漫画像,我设计并制作的生日卡,同学和表兄弟的信和礼物,孟医生都有和我一样的兴趣,给他吃家里送来的点心,他都说好吃极了,要再一分带给他夫人吃。我说:

"我没有病!"

"那你为什么到这里来?"

"妈妈嫌我在家闹,在学校也闹,就把我关在这里。"

"你母亲没有对我这样说,不过,你是没有病,这种过敏性的病,是特别聪明的孩子生的。"他又叮嘱:

"每天,你一定要吃掉四只香蕉。"

"为什么一定要四只,三只行吗?"

"不行,绝对不行,四只,不吃四只你的病不会好。"

"我已经好多了。"想早点出院,或少吃点香蕉。

"那你刚来时病得还要厉害吗?"

"是的,现在可好多了!"

他揿我的鼻尖:

"嗯哼!你承认自己有病了,那就得每天吃四只香蕉。"

我红了脸,发觉上了这美国大个儿的当,也因为我想该生这种病,才是特别聪明的孩子啊。

孟医生知道我很寂寞,每星期叫人送来一大堆画报、旅行杂志,我在床上漫游全世界,看得真多,以致后来回学校时成了班上的博士。并且我能老老实实地吃香蕉,天哪,每天三匙麦精鱼肝油,还有白的粉红的药片药水,还非得吃这个原来就不大喜欢的香蕉,每当他查问:

"你这个星期一共吃了多少只?"我得无愧地回答:

"每天四只,一共二十八只!"

他看着我的眼睛,表示满意,如果我作弊,他会

从我的眼珠子里算出我少吃了几只。既然我是聪明的,就一定是诚实的、勇敢的,所以每天无论如何厌恶,也要消灭四只鬼香蕉:

"上帝,看我已吃掉第三只了,晚上我再吃第四只,阿门。"

下午,凡天气晴好,护士小姐推着两轮的白色椅车,从四楼螺旋而下,经过大草坪,到树木葱茏没有花香的地方去,她连没有香味的花也不许我接触,怕花粉感染我。好看的护士是很会说笑的,难看的护士,她呆在一边,我才不理她呢,命令她推我到那幢爬满薜荔的房子的台阶边,我叫:

"孟夫人,你好啊!"

"我来啦!院长太太。"

她会先开窗答应,然后开门来到我的双轮椅前,说笑一阵,再招待我在小客厅里喝茶,她用杏仁粉做的甜饼真是金黄色的,她自夸道:

"罗马教皇吃的也不过是这样的甜饼!"

我越发满意,回来时觉得坐在双轮椅上活像一个教皇，只缺一顶甲壳虫似的高帽子。

啊甲壳虫！那仆役罗杰带给我金龟子、蜻蜓、螳螂，护士一发现，就要没收，理由是昆虫很脏，浑身都是细菌，我赶快扑到窗口放手让它们飞走，我有翅膀也早就飞走了。护士很奇怪我房里怎会时常出现昆虫，我说它们是从我家花园里飞来看我的，因为是老朋友，我叫姐姐告诉它们我住在几号病房。

星期天，护士送我上医院内部的小教堂做礼拜，唱赞美诗是很乐意的，听讲道是受难，最后，奉献，那位黑衣小姐，将一端装有布袋的长竿，像钓鱼似的在人头上移来移去，大家把钱币投入袋里，我也掏出钱币，外加一只大甲虫，用手帕包了，扔进奉献袋里——晚上值班的护士来房门口，背着手张张望望，然后问我上午是否去做礼拜，我说去了。

"你奉献了什么？"

"大约五毛钱。"

"还有什么？"

我不响。她的手从背后转到前面，给我看一条白手帕。

"这是你的吗?"

"是的,我包了一只甲虫,奉献给上帝。"

"这样对吗?"

"对的,钱、手帕、甲虫,都是上帝创造的,我献给上帝。"

"你吓着罗莎丽小姐了,她打开时,几乎昏过去!"

我笑,我成功!

"下次不可以再奉献甲虫。"

"是的,下次不奉献甲虫,奉献青蛙可以吗?"

"不行!"

"老鼠、小白鼠可以吧?"

"别胡闹,你只要把钱币投在奉献袋里就好了。"

"上帝喜欢钱币,别的都不喜欢?"

护士转身,悻悻地走了。我把手帕扔进废物桶里,想起手帕角上绣着我的名字,又笑了,还是庆祝成功!下次该换点什么好东西。不料从此护士不来送我上教堂了,我向孟医生控告她们的无理,也承认我奉献了大甲虫,也起誓不再吓唬罗莎丽小姐。结果,很好,护士又恭恭敬敬推车送我去做礼拜。孟医生给我一本

《昆虫学家法布尔》,里面都是昆虫,那草帽上爬着大蚱蜢的是我第一个法国朋友。

某夜,我又闹事——在窗口望月亮,那月亮的边缘很明显的十字光芒是我发现的,当然知道这是什么意思,我像圣灵附身,奔去告诉护士小姐,一传二,二传三,头等病房区的宁静碎了,我成了天空的哥伦布,是我第一个看见的,然后大家都看见了这十字光芒,护士们围上来争着拥抱我,凡能下床的病人都开门出来要见见我这位小先知,我全身荣光,得意了一刻钟也不满,有人从厕所里出来,揭穿了这个神秘现象,厕所里有一扇窗子的铁窗纱破落了,月亮就没有十字光芒。

我就此灰掉,再也不是小先知、天空哥伦布。萎瘪瘪地回房关了门,发誓不再隔着铁窗纱望月亮,见鬼去吧,如果厕所里的铁窗纱不坏,我至少可以得意一夜,说不定明天清早教堂钟声特地为我而大鸣呢。

那几天我躲在房里尽翻书,寂寞的时候就想吃好吃的东西,在家里,厨师把三天排一次的菜单先呈母亲,姐姐也是要看的,最后总是笑着徇从我。来到医院,老是遇上我不爱吃的劳什子,我把彩色的纸片剪成小三角,写个"谢谢你",粘在护士们用以卷棉花的牙签上,插进这些不爱吃的食物中心。罗杰来收餐盘,问"为什么?"我说:"拿走,厨师会知道。"不料一会儿那厨师上楼来按我的门铃,毕恭毕敬地问我的爱好和习惯,我哪里就说得明白,倒麻烦了,便道:

"院长吃什么,我也吃什么。"

厨师连声允承退去。罗杰再来时,我得意地对他说了,他摇头:"不行不行,孟医生吃得很简单,所以厨师满口答应,快改了,改照护士长培蒂小姐一样,她才讲究,又好吃又好看,不过你得写个字条,签个名,我好拿去跟厨师讲。"这个字条很容易,我签了个大大的名,果然从此每天每顿都有新花样,吃不了,留一半给罗杰,他来收餐盘时,我守门,他速速地吞掉,我们是同谋者,有一种默契的快乐。

但医院里这样大的寂寞还是冲不破的,头等病房区特别死静,我说把钢琴放在房里,孟医生不同意,上教堂或到他家去练琴,他也不许可,理由是:"我相

信你会按时打开琴盖,不相信你会按时把琴盖放落,对你的病不利。"大概为了补偿我的失望,孟医生送来更多的书,还以电话问我:

"在做什么?"

"看书啊。"

"好看吗?"

"很好看,看完了。"

"要慢慢看啊。"

"第三遍了,不想看了。"

于是又来了一批书,昆虫、鱼类、飞禽、走兽……我的病房成了挪亚的方舟,然而我最喜欢的还是旅行杂志,凝视一会,闭上眼,我能进入那景物里去,走呀走呀,走不下去了,便睁眼看另一个画面,又闭上眼,又可以走一阵子。

我和米老鼠、白雪公主、七个矮老人,也早就认识,我会画米老鼠的妹妹,还会画第八个矮老人,那阿八的脸是照孟医生的脸变出来的,孟医生真聪明,他知道是他,非常高兴,因为仍旧穿着白外衣,戴着听筒,公主家本来就缺一个家庭医生。他要我另外画一张大的,好挂在客厅里,我画了,他说画得比小的还要好,请我在角上签个名,就签了,乘他高兴,快问:

"孟医生,我什么时候好出院?"

他在想,有希望了……他说:

"请你母亲来,你得动手术,割掉扁桃腺,她同意签字才好。"

糟了!白吃那么多香蕉,结果还得割扁桃腺——我挣扎:

"不!不要手术,我不是很好吗,完全好了,长久不喘了。"

"天气一变,一累,你还是要喘的。你要相信我,割了扁桃腺,将来就可放心地打网球、高尔夫。"

母亲忧心忡忡地来了,孟医生和她在另外一间屋里谈了很久,回房告诉我,已经签了字,我伤心得瘫在床上,不哭,恨这个大个子美国人,他骗我吃那么多的药、香蕉、鱼肝油,还要割掉我喉咙口的两块肉。

七岁的孩子也几夜睡不好觉,母亲嘴上安慰我鼓励我,我看得出她突然瘦了,她比我还忧愁,因为她签了字。

一九三四年,在美国人办的第一流医院中,做割除扁桃腺这样的小手术,竟需要全身麻醉,而且中途发电厂停了电,再由医院自行发电,追上麻醉,才继续做手术,我的悲惨遭遇一至于此。

母亲知道这个手术过程至多是两个小时,挨到第三个小时还不见我出手术室,她晕倒了,急救苏醒后,护士骗她说我已平安回房,母亲挣脱护士的按捺,跟跄扑回房去,推门不见我的人影,她又昏厥在门边……

我呢,一上手术台就被橡皮带紧紧缚住四肢,哥罗方难闻的气味直冲脑门,马达在响,我闭着的眼看见一片青草地旋转旋转,有扇淡白的门开了,老婆婆的模糊的脸……青草变黄,旋转愈快,愈大,无边……我听见吼叫,一点不知道这就是自己在吼叫……没有声音……一点点,一点点地恢复知觉,眼皮重如千钧,整个身体没有一处可动,热极了热极了,发不出声音……知道有人在旁边,说话,很远很远,不知道我热死了,我要小便……都是自私的,恶棍,笨蛋,全不知把被子掀开,我热死了,多可怜,我是死尸……

一天一夜后，才能勉强动用四肢，吐出许多淤血，小便壶里一块块乳黄的凝聚物，脖子上围着冰囊，肚子饿，给点葡萄汁，咽时喉咙奇痛。看见腕上臂上脚踝上被橡皮带勒出来的一棱棱紫血痕，才知道我怎样剧烈地挣扎过，手指触及还这样的灸痛。

当孟医生轻轻走到床边，抚摩我的脸时，我狠劲瞪了他一眼，把他毛茸茸的大手挥开，他俯在我耳边低声说：

"亲爱的朋友，别生气，原谅我吧！"

我不原谅，不能说话，猛地伸手把床头几上的一叠画报推倒，哗啦啦的声音，使我心里好受。母亲向孟医生道歉了。院长说：

"不不，孩子恨我是对的，他不原谅我是对的，我没有想到发电厂会出故障，我是应该考虑到万一的。"

"不是发电厂，是你！"我在心里驳斥他，声带不起作用，我又恨声带，可恨的太多了。

出院前夕，孟医生和夫人亲自来病房邀请母亲和我去他家晚餐，为的是请求我的宽恕。母亲早就苦苦劝告我不能错怪院长，我不以为她的话有理，而是想到母亲两次昏厥，就听从了她，同意去院长家——到了门口的台阶上，母亲还要问：

"等会儿你怎样说？"

我抿唇一笑。母亲不放心：

"说呀，先说给我听听！"

我说："请原谅我没有礼貌。"

我还不能吃硬的韧的东西，院长夫人特备了松软可口的多种美味。

孟医生说：

"祝贺你要回家了，你能宽恕我吗？亲爱的朋友！"

"请你原谅我没有礼貌——请问为什么你要用绳子把我绑起来？"我突然发怒了。

"那是医学上的需要，每个接受手术的病人都要固定四肢。"

"别人是别人，我是你的朋友，你怎么可以把朋友绑起来？"

母亲用目光阻止我说话。

孟医生问：

"那你说我该怎样对待你才称你的心呢?"

"只要告诉我,躺着,不要动,我决不动!"

"是的,这很好,但人在半昏迷中会不听别人的话也不听自己的话的呀?"

"不,我不会这样,我命令自己不动,再难受也不动!"

院长夫人蔼然地笑了,母亲也爱怜地笑了,忽然我发觉她们是笑我傻气。

我正要申辩,孟医生说:

"我相信。你是诚实的、勇敢的,所以我再一次认错,你能宽恕我吗?"

"如果你下次不再绑我,我原谅你!"

"祝你健康,你不用再一次割扁桃腺了。"

三人的笑声中我又发现自己说错了话,从上风落入下风,脸颊燥热。

还是孟医生知道我受不了,他敛笑对母亲说:

"聪明诚实勇敢的孩子,夫人,你是幸福的!"

他蹲身拥抱我,吻我的脖子,又对母亲说:

"你的儿子什么都不缺,就缺健康,有了健康,他什么都会有的。"

母亲记住了这点,她对我的功课、交友、支钱,从来不过问、不干涉。如果我任性于饮食、寒暖、作息,有碍健康时,她会说:"孟医生近来不知怎样了!"

后来我才知道人体的扁桃腺不应该割除,它倒是健康的守门员、报警者,但是本世纪三十年代四十年代,竟误以为去了它,大有好处,这种医学医理上的错误,不是我所能原谅的。必然,后来孟医生也知道他在我的喉咙里犯了不可挽回的罪过。二次大战冲得我们谁也不知谁的通讯处,否则他一定会求我重新宽恕。我知道,我宽恕了他,他也不能宽恕自己——无知使我们犯罪,而知识又是无底无尽头,这是我长大后渐渐明白的。我也曾想:物理学上常有被否定的东西后来又被肯定,扁桃腺的割除会不会又被承认是有利于健康的呢——我不是比小时候强壮得多了吗?

孟医生是我第一个美国朋友,从此就不闻消息。那"福音医院",二十年后我曾去看过,不像那时的大,那时的白,院长早已换了别人,我走到门口小立即去,不算是旧地重游。在迪斯尼乐园看到米老鼠和白雪公主一家,我强烈地想起这段友情。在世界各地游览时,处处有似曾相识之感,因为在我的朋友给我的旅行杂志中早就一一见过,儿时的印象特别深切。

母亲、孟医生,都不在世上了。我虽然得到了健康,别的却是至今什么也没有得到,曾为我如此忧愁如此焦急的宠爱我的人,都已安息——那时我只七岁,不知道自己是一个不值得忧愁、焦急、宠爱的人,所以才这样的任性,这样的快乐。

寿 衣

陈妈又喝醉了,厨房里传出阵阵笑声。

"……绕脚的苦,苦呀末真苦恼,从小呀唉苦起呀啊苦也末苦到老,不唉作孽啊来不唉不作喔恶……"

又唱又笑,从来没有听见她唱别的曲子,只会唱这"绕脚苦"。

"绕脚"就是"缠足"。陈妈的脚是缠过的,不很成功,在真正的小脚队里,她是算大脚的。可是跗蹠趾都已畸形,这是一种严重的内伤。终日立在厨房里料理食事,全身重量由两个畸形的脚骨承受,平时尚

能支撑,每逢天阴,还潮的日子,她会向我诉苦:

"立不牢了,脚痛啊!"

我是个小男孩,体会不到绕脚的苦,也不知她的立不牢是什么感觉。奇怪的是除了脚痛忍不住要诉苦,其他的苦似乎都是忍得住的。

陈妈很早就来我家作佣,是专职的厨娘。我记得她那时候的样子,黑鞋白袜,黑裤淡蓝上衣。在江南一带的乡间,黑称为玄,淡蓝叫月白,简明顺口说来:月白布衫玄色裤。这是乡下女人的"出客"打扮了。洗干净,穿端正,中等身材不胖不瘦,一张长圆型的淡黄的脸——母亲要她就此留下,不必择日上工了;她原也挽着个布包,谅想就此落脚正是她的愿望。

当时的农村妇女,即使不逢天灾人祸,也有不少到城镇上来做奶妈女佣的。按例先要进"荐头店",店主就只口头问问来历,便命一旁静候。聪明点的农妇会把头发掠光,衣裳鞋袜弄干净,并足端坐,悄无声息,或低头衲着鞋底。这类容易为雇主选中,除非是太老瘠了的。蠢妇则衣履不整,坐立不安,有的还架起二郎腿,赤嘴白舌地拉扯不停,怪人家不识货,扬言明天不来了,翌日的店堂里,又全是她的叽喳声。

陈妈是荐头店老板娘引来的,母亲问了她的景况,出来做佣的原因,长做还是短做——农村里常有受不了公婆丈夫的虐待而逃亡出来的女人,临了还是被侦悉而捉回去的。陈妈没有这类前嫌和后患,一心长做。

谈完之后,母亲说:

"陈大娘,以后我们都叫你陈妈。厨房里你主管,第一要清爽,烧菜好学的,火烛特别要小心。丫头们不听话,你要叫她们服你,实在服不了,才来告诉。"

在终年平静得像深山古寺一样的老城旧家,来个新佣人,也算是一幕戏,吸引我和姐姐挨拢去看看听听,母亲很重视孩子的单纯直觉的眼光,悄悄问:

"你们看怎么样?"

如果我们点点头,对于应试者的录取往往有作用。如果后来证明受雇者确实行事有方,忠信得力,母亲会高兴地称赞我们的点头点对了。并鼓励道:

"要学,学会识人!"

不仅是女佣男仆,凡是将要参与我家生活的外来者,管家、司账、教师、绣娘、裁缝,姐姐和我都可说话。

对于小孩子,觉得忽然有机会权衡成人,便十分开心,十分认真,也时常闹点笑话,因为我们毕竟只懂得以貌取人。

陈妈掌厨,只会做最普通的家常菜,好在洁净仔细。每晚循例上楼来请示翌日主菜,我和姐姐报出来的品名常有使她茫然不明究竟者,母亲耐心解说配料、调味、火候等烹饪程序,陈妈霎着眼,苦苦领会牢牢记住,明日中午菜上桌来,我和姐姐笑得喷了饭,掉了筷子——陈妈满脸通红,泪汪汪地扎煞着双手……好在菜目多,不吃这便吃那,而且似乎甘愿吃不到自己点的菜,这种笑料倒不可少。

断断续续笑了一个月,陈妈的烹调日渐上谱,母亲当着我们的面,夸奖道:

"你们只知吃只知笑,不知陈妈是花过心思下过工夫的哩,看她人也瘦了一大截!"

她在此一月中紧张非凡,从其他佣仆那里探听我们的口味、偏嗜,做菜时采用了一种折衷调和法,另一种少量专备法。我们只觉得正常、满意,谁知她在

暗中揣摩用心。母亲是明了的,不急于表彰,月底加了她的工钱。说:

"你要当心别累坏了身体,只要你不想离开我家就不会让你离开的。"

餐罢我在回廊闲踱步,听见两个丫头一边收碗筷一边取笑陈妈:

"哭什么,今天是你的好日子。"

"陈妈这碗饭可以吃到八十岁了。"

陈妈在笑啐丫头时露了一句:

"我死也死在这里。"

一年后,陈妈脸上的黄霉蜕去了,显得白胖起来。东家主母信任她,小姐给她编结绒线衣,丫头们个个言听计从,本来我是从不去厨房玩的,现在常会折入,站在矮矮的饭桌边看她们吃饭,吃饭有什么可看?是看陈妈喝酒,每逢有红烧大鲫鱼的日子,在我们餐桌上规矩很严,鱼头是整个剩下的,因为怕露出不雅的吃相,发出难听的咂嘴声,其实鲫鱼的头是非常腴美的,陈妈尤嗜此物,端回厨房,她便叫丫头上街沽酒。架橱里地窖里有的是黄白佳酿,她非得自己花钱去店家买了酒来,零钱赏给丫头,心安理得地独酌,细细品味鱼头。喝到半醉,平时兢兢业业不苟言笑的人,自然而然唱起来,正式成调的无非是一曲"绕脚苦",不知她从何学来。她唱此曲时,倒并不是双脚痛得立不牢的当儿,所以唱唱、笑笑。啜一口高粱,尝一筷鱼头,我站着呆看呆听,应和着傻笑——作为小主人家,不作兴在厨房里坐下来的,也正好母亲在楼上歇午,教师在庭心散步,我才敢待在厨房里逗陈妈玩。她学街坊小贩的叫卖尤其传神,童子的,苍头的,腔调韵味俱佳,例如:

"子姜嗯酱茄子酱唉萝卜呵……"

清越嘹亮,想起夏日的傍晚,家家在门口的场上洒一遍水,摆开小凳矮桌,大缸的绿豆稀饭,凉在晚风里……卖酱菜的少年贩子,斜一肩,背个藤编的长方筐,内装各式甜酸咸辣酱菜,三个五个铜元买几样,随即聚而佐食。

"火肉呵粽嗯子喔,猪油夹沙唉粽嗯子喔……"

那是冬天的深夜,已近三更天了,还有卖粽子的老头在风雪中声声吆喊,背的是一只腰圆形的污黑深口的木桶,上覆破棉袄,以保粽子的温热。万籁俱寂,黝暗的长巷小街,每夜有卖粽人喊过来了……喊过去了——深夜里吃这种点心的多半是通宵赌博者,或看夜戏归来的人,再就是夤夜活动的不规不法的男女。

陈妈还能学卖梨膏糖的"轰呀轰子轰呵,勿吃格肚皮痛唷",再者"生铁喔补镬子呵""修洋伞补套鞋"。也都惟妙惟肖,此中有人。而她似乎嫌前者太滑稽,后者又太平淡,不多采用。

她大概是天性近音乐,抽空便来站在窗下听琴声,有一次我招招手,她满脸慈笑地蹑进来,我问:

"你说哪一种琴好听?"

她认真地想了想,说:

"我看还是风琴最好听。"

"为什么?"

"声音拖得长,像人唱,像叹气。"

我很高兴她说得自有道理,便依照她唱的音调在风琴上弹了几段。

她完全想不到那"绕脚苦"、"子姜酱茄子"、"火

肉粽子"可以在琴上按出来。她要求再来一遍——凝神听了,问道:

"里头有人吗?"我摇摇头。

"那怎么会呢?"

"你可以去烧夜饭了。"

男仆们聚在一起窃窃私语,我走近:

"你们明白地说,发生了什么事?"

"陈妈的老公,闯到厨房里,我们打了他。"

"陈妈呢?"

"在外厅,和她老公在外厅。"

陈妈初来时自称是孤女,也没公婆,死了丈夫才出来帮佣的。

男仆们说陈妈一见丈夫便瑟瑟发抖,那男的已很老,右手右脚都瘫了的,出言横蛮,赖在灶边不肯走,挨了几拳,才退出厨房,但揪住陈妈的衣襟就是不放——这是陈妈的第三个丈夫。

第一个是童养媳年代便夭折的,受不了公公的猥亵,婆婆的打骂,她逃,讨过饭,还是想死,从桥上跳下去,桥脚下的一个摸蟹人,把她拖上岸,那人便成了第二个丈夫,去年发大水,他在抢修堤坝时,坍方淹毙——是那瘸子出钱买棺成殓,事前讲定,事后,她便归瘸子所有,全不知那瘸子是个贼,在外地行窃被打坏了手脚,换窝来到他们的乡间。她只知这个残废者,心是好的,能在自己束手无策,乡邻也帮不了一点忙的绝境中,肯为她尽这份力;不说是卖身,只说是用再嫁的办法,来替救过她命的人作了入土为安之计。她不知其二的是,瘸子并非要个妻子来成家,是看陈妈长相不错,算盘打到了城里,要带她到城里来,做暗娼。他手脚既坏,改行,坐享其成了——也不是瘸子忽发奇想,那时候,大小城镇多的是一夫一妻的小妓院,俗称"半开门"。瘸子本来就是此类嫖客,他看得多,抓住那死了丈夫没法营葬的弱女子,如法炮制——男仆们怎会对陈妈的来历了如指掌,原来是一个绰号"老实头"的中年男仆,暗地里有情于陈妈,他自以为称心如意,陈妈却毫不动心。"老实头"奇怪了,认定其中必有蹊跷,便用心四下打听,积累了陈妈的前科详情。"老实头"在痛苦中难免要泄漏一点给别人听,这一点,那一点,长期下来,男仆们都清了陈妈的底。所以那瘸子闯入厨房,大家心想:早知你什么货色了,此时不打更待何时,要不是陈妈哭求,也许就此打个半死。男仆们取笑"老实头":

"你倒不动手,我们是为你出出气哪!"

窘得他一脸赧色,躲回卧房去了。

陈妈被瘸子缠住在外厅回不转来。这种夫妻间的事母亲是不欲轻易过问的,我也难于出面干涉,希望男仆中有人仗义,然而他们也觉得没法插嘴,怕我出了主意,倒不好意思违命,一个个搭讪着走散。

其实当时我出不了主意,独自行到外厅的退堂——陈妈幽幽地哭,瘸子粗嘎的嗓音咕噜不停;要钱,不然人回去,翻来覆去就是这个意思——我得去书房应课。

老师子曰诗云地讲了一阵,忽然问:

"什么事?嗯?"

"没什么。"

"什么事分了心?"

我简述了陈妈的不幸,希望有人去解围,老师苍凉地接道:

"这是前世事,要管得早在前世管!"

真不知老夫子在说些什么。我隐然明白老师、男仆都是自私,不是什么近人情通世故。一忽儿我原谅母亲和我是限于身份,不能出场,一忽儿又怪母亲不命令别人去援救陈妈,也恨自己没有勇气没有口才去驱逐那瘌子。

除了胡思乱想,我什么也没有做。

晚上男仆们又在谈:一年多积蓄下来的工钱,全被瘌子刮走了。

陈妈终日阴霾满面地忙这忙那,端菜上桌时偶然目光相遇,好像是个陌生人。某夜,我揣了两包栗酥去厨房,四下无人,她接了栗酥哭着说:

"我实在没法子了,只好瞒你们,太太面前你要帮我说啊……我……"

"说了,都不怪你,你不要这样怕那个人。"

"如果不给他这些钱,他要翻掉坟,要开棺拆尸——死的一个,可是好人啊!"

此后,每到月初,瘌子来了,陈妈慌张颤抖,到外厅去受磨难,钱当然是如数交出,瘌子嫌少,不肯走。一个丫头偷听来的是：那老贼教唆陈妈偷东西，陈妈骂了起来，瘸子揪住发髻，将她的头连连撞在墙壁上——我禀告母亲，母亲说：

"这样，陈妈的工钱，另外发，每月给瘸子的，叫他到账房去领。你告诉账房先生，瘸子来时，说是我吩咐的，就这点钱，要多，到警察局去拿，已经给他挂好号了。"

非常灵验，瘸子从此瘪掉了，陈妈也不必离开厨房。瘸子在外厅死等，"老实头"会出去厉声说：

"想在这里过夜么？我带你先去看看有什么值钱的东西。"

"老实头"越来越不老实了。

陈妈又叫丫头沽酒，吃鱼头，唱"绕脚苦"。我不像以前那样常去厨房了，大概自己的年龄在增长，兴趣在转化。我是无能的，陈妈有母亲、"老实头"的庇护就好。

可是一个少年人，能有多大见识，我竟做了一件错事，是针对陈妈的一件错事：

那时代,江南水乡的城镇,每到下午,寂寞得瘫痪了似的,早上是农民集市、茶馆、点心铺子、鱼行、肉店,到处黑簇簇的人头钻动,声音嘈杂得像是出了什么奇案,近午就逐渐散淡了。一直要到黄昏,才又是另外一种热闹开始,油坊、冶坊、刨烟作场的工人满街走,买醉寻衅,呼幺喝六……而午后到傍晚这一长段辰光,却是店家生意寥落,伙计伏在柜台角上打瞌,长街行人稀少,走江湖的算命瞎子,斜背三弦,单手敲着小铜磬,一声声悠缓的"叮……叮……",使人兴起欲知一生祸福的好奇心。

那天,母亲去外婆家议事,一伙表姐妹兄弟来我家玩,不亦乐乎之际听到瞎子的铜磬声,我说:

"我们也算算命?"

这是违反家规的,母亲向来不许九流三教之徒上门,我们也从不相信神鬼,于是这个突发性的提议,转化为如何捉弄瞎子,设计是很妙的:

"这样,瞎子走进一厅又一厅,自然知道这是大户人家,我们扶陈妈出来,叫她'奶奶'、'外婆'。瞎子一听是大户人家的老太太要算命,当然会说许多好话,那就有得听有得笑了,让陈妈也乐一阵。"

表兄弟姐妹们一致认为好主意,瞎子必定上当,以此证明算命纯粹是江湖诀、骗人。

于是一边去请瞎子,一边去游说陈妈,陈妈不肯,还得我去哄她出场。她说:

"我这苦命人不算也苦算也苦,还算什么!"

"以后会有好运道的。你听听也就不叫脚痛了。"

她果然心动,我乘势关照:

"我们骗骗瞎子,叫你'奶奶''外婆',你可别拆穿西洋镜呵。"

"这要折杀我了,我怎好做奶奶、外婆。"

她笑着跟我走,一伙人前呼后拥。搀扶陈妈出堂来。

堂上已端坐着一个瘦伶仃的戴墨镜的瞎子,手抱细长的三弦,小表弟冲口问道:

"你是真瞎子假瞎子?"

"少爷,出门人凭的是天地良心,我从小盲眼,不然也不做这个行当了。"说着,一手持琴一手脱下墨镜,果然是双目严闭,瞽得细缝也几乎没有了。

"奶奶,您当心门槛!"

"奶奶,您渴不渴,我去拿参汤来!"

"您坐这儿,外婆,这垫子软!"

陈妈呵呵地笑,她守信不加否认。

大家一步步走在成功的路上,兴奋得紧紧屏住气,只等瞎子吞钩。

陈妈报了生辰八字。

瞎子凝神掐指,久不作声,像是睡着了。

不知谁大声咳嗽,意在敦促瞎子开腔。

瞎子横放三弦于膝上,悠悠问道:

"少爷,小姐——老太太可是记错了生辰八字?"

大家看陈妈?陈妈说:

"就是这样,没记错。"

瞎子淡淡的眉毛,蹙拢又松开,平静地宣称:

"那,我不算了……劳驾哪一位领我出去。"

大家愣住,怎么回事?我们岂非完全失败!

我不甘心就此放走瞎子,决然道:

"你尽管算来,是什么,说什么,除非你不会算命!"

瞎子有几分愠色:

"如果不是老太太的八字,是府上的佣人的八字,差不多。我算!"

陈妈脸色大变,我则骑虎难下,执迷不悟:

"就算'差不多',你且讲来!"

瞎子扶起三弦,丁丁东东,连说带唱:

"早年丧父母,孤女没兄弟,三次嫁人,克死二夫。一夫尚在,如狼似虎,两造命凶,才得共度。命无子息,劳碌终身。为人清白,忠心耿耿。虽有贵人相助,奈多小人捉弄,死里逃生……过得了六十大关再算命。"——唱几句,解说一番,磊磊历历,就像是亲眼目睹,说到中途,陈妈已泣不成声,最后弦声乍歇,陈妈踉踉跄跄奔出厅堂,回厨房号啕大哭。

我们一伙少年男女惶惶不知所措,瞎子忍不住而索钱了,才意识到应该赶快结束这场噩梦。

后来想隐瞒却隐瞒不了,母亲大怒:"你还是年幼无知么?竟作起孽来,叫我有什么脸面见陈妈?"

抗日战争爆发,烽火连天,形势一日三变,故乡即将沦陷,逼得我们离家逃难。母亲对陈妈作了周详的嘱咐,临了说:

"不是扔下你不管,这个老家,要你守了。我们能回来,当然就回来。你是个女人,又不识字,所以请了舅爷来当家。好的、对的,你就听,就照做。若是出了什么不像话的事,你要顶住、记住。和账房先生多商量,他会来看我们的。'老实头',靠得住,已经到了这种时候了,不要怕难为情,凡事问问他也是可以的。"然后把所有箱笼橱柜的大把钥匙交给了她——陈妈哭得人也站不直了,只是声声允承,说:

"我顶……好在那恶鬼已死掉了。"

其时那瘫子确已病故。陈妈这句话倒不是指她自己的安全,而是顾全到这个托付给她的"家"不致受瘫子的祸害。

避难在外乡,一地稍熟,又换了生地。此时才知道,单是吃,有多少麻烦,没有炉灶的住所,只能吃"包饭",那是由饭店送上门来的东西,质差量少得出奇,又都是冰凉的。回想在家时每餐肴浆罗列,举箸随意——陈妈怎样了?她也在……其实那时她已经离开老家了。

且说当时离家的决策中,请舅父来主持家政,恐多瓜葛是非,言明不带眷属。账房先生全力辅弼,教师说是辞退,但供半薪,作为社交的顾问兼文书。陈妈是庶务总管,怎奈一个村妇,凭一颗良心,如若在同舟共济平安无事的情况下,她还能胜任,全不料舅父将舅母、表兄妹,连同舅母的妹妹一家人,都搬进我家,八仙桌,每顿两桌,陈妈供应不迭,日夜挨骂。账房先生已在舅父的行贿许愿中晕头转向,通同舞弊,如膏似漆——这批人的共同愿望是:避难在外者早早罹难,客死他乡,一干二净。

陈妈看到的是家中人口纷纷,日夜消耗存粮宿酒,却不明伪造账目,侵吞银款,狼狈为奸的种种勾当。战时本来已是一片混乱,地痞、流氓、汉奸、鬼子,到处敲竹杠,派捐税,彼落此起。那狼狈二人,付五百,报一千,巧立名目,查无实据,谁能记得准侦得明。舅父脑满肠肥,从我家发了国难财了。账房先生随之私囊中饱,自言得计。每次来外地给我们送接济时,把舅爷说得如何日夜劬劳,谨守家园,继而大骂鬼子汉奸的苛捐杂税的难对付,言下功莫大焉,他当然是清谦守职,疲于奔命的大忠臣了。问及陈妈,则说:老得快,常生病,看来不久长了!这是一道伏笔,他们要她死,死无对证——果然舅母展施高招了,舅母是由陈妈服侍盥沐梳头的,一日当了陈妈和两个丫头的面,洗手时脱下金镯,放在面盆里,趁人转背之际,速取金镯入袋。陈妈端了面盆出房倒水回来,正要梳头,舅母举手撩发,惊中叫:"镯子呢?"

丫头说:

"刚才看见舅太太脱在面盆里的!"

陈妈说:

"我也看见的——我倒脸水时没有啊!"她怕眼花有失,急急出房察看,那阴沟下水口设有小孔的盖板,根本漏不下镯子。

顿时全宅鼎沸:陈妈偷了舅太太的金镯子!

她发誓赌咒,托人去卜卦、测字,闹到第二天早上,她忽然明白:这是蓄意陷害,两条路,一条是死,一条是出走——明白了,倒也心定了。

她有自己的一份聪明和勇气,反过来警告:

"头顶三尺有神明,冤枉我,是为点啥?我懂!东家太太回来,我一五一十讲,你们赶我走,我爬也要爬去见主人家,要死,也得清清白白死!"

这一下可直刺狼心,舅父发了狠,扔一条麻绳一把刀在陈妈脚下,大吼道:

"不交出金镯子,两样东西随你拣!"

那夜,陈妈后来哭诉说:她想来想去,只好对不住老东家了。夜半人静,她把麻绳和刀塞入小阁楼紧底,收拾了个衣包,被子也不拿。叫起"老实头"把那大把钥匙托付给他,求他开花园的后门,放她活路。她说:留得了命就好见我们的面,这城里是不能存身的,一是他们要搜寻,弄死在外面不是更称他们的心吗?二是她不能坍我们的台,被人说某家的厨娘烧了半世饭成了讨饭叫化子。她便躲躲逃逃,到了隔省的小城里,夜宿祠堂角,日间在街头为人缝补衣裳,托袜底,没有生意时,便敲个小木鱼,席地念"心经",过路人看到她确是在风里太阳地里一句句念,一个个点红印子。吃长素?那还吃什么呢。所以都认为这种经卷是值得买去烧给祖宗的——她说到自己会想法子活下去,似乎得意起来,居然对我一笑:

"本来我去叫卖酱茄子,火肉粽子,也是来事的,小脚,走不了多少路哪。"

不料我流下眼泪来,她赶紧扯开,大声改言道:

"那辰光,我倒不怕活不长,是怕被人认出来,我天天戴顶包帽,还讨了副眼镜套上,不三不四,有人当我是识字的,要我读信呢。"

说着,真的掏出一副旧得不堪的眼镜来颤颤地架上两耳,拉长脸,张大眼睛,朝我笑……

我是被逗笑了。

母亲嗔道:

"好了,陈妈,疯疯癫癫的。快去煎药,要天天吃,阿胶冲得薄点,这是荤的,你已经开荤了,到明年再吃素吧。饭菜呢,有替工来,你歇着。闲得慌了,就来看打牌,你不是会打牌的么?"

陈妈不服,她依然当厨。毕竟衰弱了,时不时见她坐在竹椅上,脱了鞋,揉搓她的脚。

有时喝点酒,不声不响——许多事我们以为过去了会再来,其实是不来了。

我们回家之前,母亲已摸清舅父他们的为非作歹,那"老实头"真不是傻瓜,放走陈妈之后,他就打听我们究竟避难在何方,终于被他偷得了一只我们寄回家去的信封,他辗转问询,穿省过县,花了半个月,找到了,把那大把钥匙呈给了母亲。平日里舅父和账房先生只防陈妈,不防"老实头",他所知甚多,毕竟是男人,道来颇得要领,母亲再加以推理想像,一切了然胸中,势在必解这个危机,方可作长期避难之计,于是决心来个冒险,不宣而战地突然归返故里了。

记得那时我们乘船深夜到埠,速速进门,正厅灯火骤明,从梦中惊起的舅父慌得衣纽扣错,嘴唇发抖,账房先生披着长衫,两手不及入袖,只穿了一只袜。

母亲坐在中央的大椅上,对舅父说:

"你们今夜也不用睡了,明天一早,两八仙桌的人统统滚出去!"

对账房先生说:

"你,走不了,养你到抗战胜利,再算账。"

陈妈也是由"老实头"去寻回来的,她曾托人带口信给他,说:只要问街上有个念经的女人就知道了。那天清早,我们还没起床,丫头来报,陈妈到了,穿得整整齐齐的,也不说也不哭,扑在板桌上动也不动。

母亲叫丫头拿瓶葡萄酒去,还有外地带来的熏鱼。不许我和姐姐去打扰她。直到黄昏,她挟着一个包,上楼来,先是一弓腰称呼了我们,说说,停停,然后滔滔不绝起来,说到中途,把那包打开——油腻的麻绳、锈黄的砧刀……她随即收起,加了一句:

"我也是恶的,留着这个做什么。"

从此她保持了吃素念经的习惯,白天,空下来就坐在灶口念,夜静了,怕扰人,躲到花园的亭子里去念。二更敲过,问问丫头,说还没回房,母亲命她们去唤陈妈归寝,丫头害怕,我说,我去叫。

一下楼,便感寒意袭人,我快步走。

园内风声萧瑟,树影摇曳,月色迷蒙,只有亭间一点灯火,诵声隐然,木鱼的笃笃在夜气中清晰可闻。

怕骇着她,便一声声轻喊:

"陈妈……陈妈……"

这样近去,让她知道是我来了。

木鱼声歇,她在等。

走上假山的石级,入亭却见她神态自若,煤油灯的光晕里,几乎显得年轻些了。我打趣道:

"陈妈，嫁给他吧？"

她倒不笑，一脸正色：

"到现在，他还是要我的。"

"那就在于你了。"

"命里克三夫，都应了？他，不在我命里。"

是我作的孽，她听信了瞎子的话。

"你念的经是为他吧。"

"喏，这串是为你们念的，这串，为他念的。"

她拎起一长一短两串佛珠，我不忍看，不看又伤她的心，便接过来抚了抚，递还给她，她也随即收拾了，吹熄灯，跟我出亭走下石级，嘴里喃喃：

"快念完了……母亲要你来叫我……明天我不来了。"

陈妈卧床已逾一周，开头医生说是受风寒，无大碍，处了两帖药，复诊时说再加调理就行。一夜忽发高烧，谵语连连，扯破帐子角，丫头吓了，来敲我们的房门，当夜请了医生，说是病体虚弱，吃了不消化的食物，断定是伤寒症——高烧一直不退，神志时清时昏,据母亲的看法,陈妈两耳明显朝后扯起,这是死的征兆,该为她准备后事了,便召"老实头"来说话,我拉住母亲的手,轻呼了声"妈妈……",母亲捏紧我的手,吩咐道:

"还是去办了吧,棺材、衾衣,都要好一点的,像样一点的。"

江南的风俗,棺材、衾衣,整套殓葬的物件,在人活着时就备得齐齐全全,称之为"寿材""寿衣",似乎是含有祝愿长命的意思。我祖母在世之日,每年黄梅时节,她出房下楼,亲自到天井里来晾寿衣,不许俗人接触,怕上不了天。我们小孩子看到那像京戏中的捺金绣花的缎褂锦氅,觉得十分耀目有趣。祖母拍拍掸掸这些寿衣,其实是洁净无尘光鲜无霉的,那是全副"死"的服装道具,有搁头的方枕,有搁脚的凹枕,有厚底的靴,薄布的袜。"衾",本是指殓尸之被,江南人是泛指了,便分内衾、外衾、盖衾、罩衾,款式奇异,不僧不道、不朝不野、一色绣满了以莲花为主的繁缛图案。那许多有钱而无知的人们,把人的诞生、结婚、死亡,都弄成一个个花团锦簇的梦。当我在渐知人事的漫长过程中,旁观这些"生""婚""死"的奢侈造作,即使一时说不明白,心里却日益清楚这不是幸乐、慰藉,乃是徒然枉然的铺陈。

我曾数度进房省视病中的陈妈,有两次,她是认得我的,说不出话,我的声音,她似乎听见。

陈妈弥留之顷,我在书房,没人来传告。听姐姐和丫头说:陈妈死前一刻,神志转清,坐了起来,她们告诉她:

"棺材给你买了,很好的,停在后花厅。"

她点点头。姐姐她们把寿衣取来,一件件拎起,给陈妈看。她们告诉我:陈妈是笑的,很清楚地说了句:

"我也有这样的寿衣穿啊。"

听了姐姐们的陈述,我有一种尖锐的反感——何必这样做,只有女孩子才做得出。

抗日战争将近胜利的那年,我离家去大都市自谋营生。

战争结束,我以同等学力考入大学。寄宿生。寒假暑假也在校度过。

静静下午茶

这幢屋子长久没有年轻人出现过了,我来之后,姑妈以明智的劝导限制我的社交范围,我能安之若素,因为终究不是修道院,我将重归年轻人的世界,有一天,这幢屋子将会是年轻人世界的一部分。

客人愈见稀疏,老夫妇也少出访。我想,互为宾主者,同时愈趋迟暮,做一次主,做一次宾,渐显得是严重的费神的事,能免则免了,大概是这样吧。

我想,姑妈姑父年轻时并不是孤僻的,从偶临之客的谈话中,听到许多姓名,谁迁居、谁增产、谁生了怪异的病、谁死之前还在做什么……夹杂在纷然往事的断面中,细节记忆十分清晰。据说年岁越高,对过去生活的追溯越远。不过,我注意到来客不论男的女的,总会犯一个失误——客人称赏男主人不见老,丰采依旧。忘了这样的花束应得先献给女主人,或者说:你俩都不见老,丰采依旧。

姑妈因此而妒忌自己的丈夫,时常冷然瞥他一眼,像陌生人的打量,她是在估测,别人说的,究竟有几分是实质,几分是恭维。

姑父颇自信,加上屡得的评鉴,似乎坚持不老是他的天职。十分整洁,家居亦修饰不懈,领带英挺,任何袜子都用吊带拉紧。最大的优势是不发胖,从前的服装仍可上身,就只裤腰必得以皮带束拢——然而在我的眼里,他是个衰象明显的保守派老绅士,与他同年的来客都已龙钟蹒跚,自叹不如之余,作一番雅谑也算解嘲。这些二次大战时代的年轻人,什么事都很认真,比我们认真。

道是五年前就开始节制饮食,姑妈的身材停止了变化,或许为时欠早——她停止在富泰相中,重归窈窕自不可能,而大局既已稳住,每月一两次下午茶是免不了的。

姑妈说:

"今天有谁来?"

"不会有吧。"姑父说。

"你要出去?"

"去哪儿,哪儿也不去。"

他说:

"你想到什么地方玩玩?"

"天气不好……好也不想。"

"长久没有户外活动了!"他为她找理由。

"每次外出,回来总是懊丧的。"她叹息。

"我也这样。"他附和。

"这领带好,新买的?"

"现在流行窄型,这不知是什么时候的了,好宽,少用它,与衬衫难配。"

"很早不也流行过窄的吗?"

"五十年代末,窄的。"他以拇指食指在胸前比个窄领带的样子。

姑妈自己也每天考虑如何穿着，有时会问："艾丽莎，现在流行什么了，我不想上时装店，你替我看看，衣橱中的这些，哪几件，与流行的款式比较接近？"

我很钦佩她的见地，时装确是周而复始的旧翻新，但制造商和设计师很刁钻，每次轮回都有所增删，使旧的冒充不了新的。所以我又怜悯起姑妈来，不过她也是在家赶时髦，未致贻笑于路人，就为她挑选出与流行的格调大略有共通之点的。她高兴，对着镜子笑道：

"真的吗？又时兴这个了，这还很早呢，我四十来岁时的呀！"

她有了先知先觉的幸乐，而且勉强还能穿上身，可见她很早已是非常丰满的了。

姑妈腰背正直地坐在客厅里，时装使她增加精神。她仍然要丈夫接收刚才的话题的暗示性：

"窄领带是否比宽领带要轻快些？"

"也许是的。"

"不结领带呢？"

这下姑父觉着了，连忙解释：

"习惯，领子松着反而不舒服！"

姑妈亦转而缓和气氛：

"那也是的，譬如衬衫袖子，单穿衬衫时，我不习惯看别人把袖子卷起来，要嘛，短袖，长袖这样，不雅观。"

"这像文法，那些人文法不通。"

看来以后姑父每天仍然可以结领带，讲究文法修辞。

姑妈转向我：

"我们有多少天没喝茶了？"

"十天吧。"

"今天呢？"

"好吧，我去准备，姑父？"

"好。"

偶一为之的下午茶，没有多大要准备，不过是看看瓷器、银器，糖是脱脂的，饼是苏打的，果酱一点点，牛奶一滴滴，使我苦笑的不是这些，而是等忽儿，必定要恭聆姑妈的那一段台词。

又是习惯，那习惯是不能把茶具全摆好了请女主人男主人就座，而是要对坐着，看我用盘子顺序端出来，

分布停当,然后我装作不解事地问问:

"要不要奶油?"

姑妈摇头。姑父无言。

"一小片起司,好吗?"

"不。你要的话,我同意。"

这表示姑妈今天心情良好,奶油、起司,姑妈不过是要听听名字,追悼一下,小小的伤心便是甜蜜。我实际身份是佣仆、伴侣,未来身份是继承人,初到之际,时时刻刻处于紧张中,日子长了,一切显得容易对付,虽然他俩尚未立遗嘱。

下午茶快要结束,一阵静默,使喝茶嚼饼的闲适氛围退远,暮色转深,姑妈的声音暗中响起:

"那天,我记得是十月二十六日,空袭警报是下午一点开始的,三点,解除了,你是七点钟到家的,路上一小时,还有三个小时,你在哪里……"

姑父不动。

照例姑妈的脸上似乎有得到答案的信念,姑父的脸上似乎有作出答案的决心。暮色徐徐沉垂,这样的下午茶,这样的声音响过之后,暮色的转浓就特别使人在意,也可说是特别滞缓,姑妈不动,姑父不动,我不动……

姑妈稍一伸欠,姑父才变一变坐姿,我也不由得挪一挪手或脚。她家还有个陈规,客厅的灯,主人是不开也不关的,一定是叫:

"艾丽莎,请来开灯。"

"客厅的灯可以关了,艾丽莎。"

等候吩咐,所以一任暮色沦为夜色,她的侧影,他的侧影,鼻尖各有小点微光,神情已看不清。

"二十六日,那天是十月二十六日,下午的空袭警报是一点钟响起来的,快近三点就解除了,路上最多一小时,你回家已经是七点钟,那三个小时,你在哪里……"

肃静。

客厅全黑,银器暗淡无光。

"艾丽莎,请你把茶具收了。"

我如蒙赦般地活动起来,回厨房洗涤安置。杯盘难免碰触有声,觉得悦耳。我很爱惜这些古趣的物件,时常惊喜于它们的优雅细腻。

"艾丽莎,你好了没有……请来开灯。"

擦干手,开灯——好像开灯前的一切,是梦。

某日我们三人在园子里看工人刈草,爱闻青涩的草馨气,姑妈又嫌太沁人,使她皮肤发痒,回屋洗澡了。

我悄声问:

"那是什么年代呢?"

"什么?"

"空袭警报?"

"二次大战啊,四十、快五十年前。"

"刚结婚?"

"刚结婚。三天两天有空袭,不一定轰炸的。"

"警报解除后,你到哪里去了?"

"没有。"

"三个小时?"

"喏,这样的,如果下午有警报,只要是三点钟以后解除,就不用再上班了。有的人,一到下午就等声音响起来,躲进防空洞,老看表,怕三点不到就解除了。"

"你是七点钟才回到家的呀?"

"我从来都是下班就回家,天天这样,有空袭,只要警报一解除,如果不用再上班,就直接回家。"

"十月二十六日呢,四点到七点?"

"回家啊。"

"姑妈说你是七点才到的?"

"四点就到了。"

"怎么会呢?"

"清清楚楚的事,从防空洞出来,看表,三点缺几分,当然也不用上班了,正好搭着巴士,到家比平时还早些,后园的木栅坏了,看看该怎样修……"

"你修?"

"不,得请工人。"

"后来呢?"

"在书房放了皮包,转到客厅,没人,上楼,两个卧室也不见你姑妈。厨房浴间门都开着,地下室门关着,我想她出去了……"

"她是出去了?"

"她会去哪儿呢?她曾说要向后面邻家学做酸黄瓜,我去了,托贝小姐说是来过的,是昨天中午。托贝小姐又说詹姆斯先生家的哈利产了小狗,也许去看狗。我想不会的……"

"姑妈在?"

"没有啊,詹姆斯先生请我进屋看小狗,我觉得脏,没有说脏,我说我们不善养动物。詹姆斯先生提议一同去钓鱼,给我看各种渔具,我说我不抽烟斗,他说不抽烟斗与钓鱼没有多大关系,我认为鱼很难上钩,等好久好久,他说就是等的时候有趣……"

"后来你又到哪里去了?"我有意打断他。

"没有啊,后来看了些詹姆斯先生收藏的植物标本,有玻璃制作的摹拟品,简直和真的新鲜的植物分别不出来。还有蝶类,好几种我都从来没有见过,漂亮得简直不可能……"

"后来呢?"

"我回来。"

"大约几点钟?"

"大约……没看表,天快黑了。"

"姑妈呢?"

"她在前庭的廊柱边坐着,手很冷。"

"她问你了?,"

"她说:你回来了?"

"你呢?"

"我说:回来了。"

"后来呢?"

"后来没说什么。"

"怎么没说什么呢?"

"是没说什么。"

"前几天还在问你呢?"

"你也不是首次听到,四十多年,每隔一阵,就问了。"

"怎么不回答?"

"起初,我想这有什么好问的,有什么好答的,就不响。不响,我想她就不会再问。后来,一次一次问多了,再回答,她会不相信,她会说:既然像你所讲的没有事,那么为什么以前不回答,到现在才回答——再叫我怎样说呢?"

"你也没有问她那天为什么不在家?"

"没问,我猜想她四点钟以前就在前廊等了,我从后园进,不知道。我也不知道。"

"以后呢?"

"以后?"

"我说,如果下次又问了,你是否就讲?"

"讲不清楚的!"

"你是否觉得这样的下午茶很难受?"

"难受,难受之极!"

"讲清楚,就不再折磨。"

"来不及了,讲不清楚的。"

"刚才你就讲得像今天发生的事一样,你的记忆力很好,不必等姑妈再问,你自己找她解释。"

"她不相信,她一定是不相信的,一定认为我这些年来都在构思说谎,托贝小姐、詹姆斯先生,一个蒙主召归,一个迁徙加拿大,可能也不在人世了,即使都活着,谁记得四十多前的十月二十六日下午四点之后,到七点之前,发生过什么事。"

"不要紧,不需要证人,你说了,就从此不再受难了!"

"你在旁也很难受吧?"

"也难受。"

刈草工人早已不在，草地平整如毯，我猛然担心姑妈会怀疑我和姑父议论她，急急回房，依迹象判断，姑妈浴后是需要小眠一会的，便蹑下楼梯，姑父问：

"她呢？"

"睡着了……最好明天有机会，你就说。"

翌日没有提起下午茶，如果由姑父提或我提，就会显得有预谋，更难使姑妈听信，甚而误会我与姑父串通、摆布她，那就要危及我的现状和前途。

我不再敦促姑父，一切顺其自然。没有姑妈在场，不与姑父谈话。

过了十多天，雨后新晴，上午下午鸟雀不停地鸣啭，我伸伸腰：

"天气真好！"

姑父看了我一眼。

姑妈在窗口眺望：

"艾丽莎，我们长久没有喝下午茶了。"

"前几天我买的曲奇是荷兰的。"

"还早，等一下我们喝茶，还是茶，不是咖啡。"

我回看姑父，他走出客厅，只见其背影，

我折至廊下，浴着阳光，独自凝想。

三个人中只有我在兴奋，姑妈不知道今天将证明她的丈夫是完全忠实无辜的，姑父要准备陈述的措辞，一定情绪紧张。而我,总还得但求平安地在这里待下去，不知要到何年何月才能反仆为主。他俩衰老，我也毕竟不年轻了，如果不再突然冒出个比我更合情合理的法定继承人，那么我的地位可以自信。我将养狗养猫，自己做酸黄瓜。上帝，宽恕我想得这么多。我为姑妈姑父祈祷，祝福两老健康长寿，我还没有钱，有了时，就去找本堂神甫，为恩人做弥撒……

"艾丽莎，你在准备了吗？"

"现在几点钟？"我戴着手表。

"四点。"

"那我就开始煮茶。"

也许是凑巧，姑妈今天气色特别好，姑父的稀发那是天天梳得一丝不苟，我本该换身衣裙，怕事后姑妈会联想起来，推理到我比她先知道了应是她早该知道的谜底。对于她是四十多年的严重心事，对于我则毫无意义。

银器擦得雪亮，玻璃清晶如新，三年来未曾损过一杯一盘。我这样竭力怂恿姑父"自白"，一是为了使姑妈终于宽怀，丈夫毕生没有对不起妻子的行径。二是为了使姑父取得免于困窘的自由。四十多年的悬疑，一旦开释，还其绅士本来面目。三是，我实在受不了这种沉默黑暗的压迫，姑妈可以也应该与丈夫单独相对时回顾前尘旧梦。我想，她是故意要个第三者在场，有利于营造气氛，我实在不愿再当这种配角，倒霉的配角。

姑妈姑父照例对坐在圆桌两边，我居下，上座空着，瓶花就移过去，茶具可以摆得舒畅些。忽然我担心姑妈今天不提问了，从此不再提了，好还是不好呢？不提，当然免于受难，可是这数十年的疑团没有机会涣然冰释，所以还是提好，今天提，如果今天不提以后提，姑父又会不动，不响，椅子坐在椅子上。

天色很亮，夜幕还远着，如果起了阵雨，就很快暗下来，但雨声嘈杂，姑妈会觉得不适宜付出她冷静的语调。

万一姑父还是不肯说，认为要开口解释这种毋须解释的事,太伤他的自尊心,那么,由我代言,能不能代言?姑妈会问:为什么要你代言?

"你说得不错,是很好……"姑妈嚼着饼说。

"什么不错?"姑父问。

我急收思绪,拈起一块曲奇:

"比丹麦的好。"

"喔,我试试。"姑父伸手,姑妈将饼盘推了推。

"今天的茶也好!"姑妈又赞赏。

"你知道我怎样做的?"

"不知道,香味很浓郁!"

"喝着会想起春天的景象!"姑父搓搓手,又拿起杯子。

"春天,会来,人生的春天不会再来!"

老人谈春天,等于老人唱歌,我要抑止这种歌声:

"哪,这是一个同学,一个中国人教我的,他们称为红茶,红茶可以煮,煮好后,可以加玫瑰花,焙干的玫瑰花瓣,然后盖紧,不让香味漏散。那种他们叫绿茶的,只用沸水冲,水是刚泛泡就熄火,可以加茉莉花或玳玳花,这大概像食肉该喝温的红葡萄酒,食鱼该喝冰的白葡萄酒……"

"对,是谐和、相称!"姑父说。

"人与人,何尝不如此。"姑妈说。

我起身给他俩斟茶。

"你的同学,中国人,后来呢?"

"回去了。"

"你们常常一起喝茶?"

"那时在学校。"

"他很细心,是不是?"姑妈看着我。

"好像是的。"

"我想他是细心的,所以你还纪念他。"

"我只记得红茶是可以加玫瑰花的。"

"玫瑰,中国人也许不知玫瑰就是什么!"

姑妈又要唱歌了,我快转话题:

"姑妈,你说要不要再买点这种曲奇备着?"

"真要比起来,总不及大战前的东西好吃,饼类、水果,都越来越没有味道!"

"也许是我们自己的味蕾开始萎缩了?"姑父说。

"我不承认!"

"不过我想主要是面粉、麦子的品质的缘故。"姑父说。

"是的，化学肥料、药物激素可使禾类果类增产，却破坏了天然的品质。"我说。

"现在的花也不香了，从前的花店，一条街上如果有几家花店，整条街都是香的。"

暮色在窗外形成，客厅已暗，我决定不再发声，看姑父在轻轻搓手。

姑妈端起杯子，又放下，一个银匙在碟中翻了身。

"那天，我记得是十月二十六日，空袭警报是下午一点开始的，三点，解除了，你是七点钟回家的，路上一小时——还有三个小时，你在哪里……"

姑父停止搓手，寂静。

我捂唇轻咳了一下。

寂静有了长度，长度显著增加，我故作斟茶，壶嘴磕在杯缘上，我轻声道歉。

"一九四五年十月二十六日，空袭警报是下午一点钟响起来的，快近三点，解除了，路上最多一小时，回家七点钟以后了，那三个小时，你在哪里……"

姑父。

我侧腕看表,没能看清。

也许姑父希望我走开,便离座去洗手间。

在洗手间的黑暗中站着,不掩门。

没有任何声息。

表的荧光近看时可见是六点五十五分。

七点,真的洗了手,回客厅。

"艾丽莎,请你开灯。"

五更转曲

崇祯十四年秋,江阴早已改州为县,弹丸之邑,却因北滨长江,历代是防守要地。而在江洋大盗的眼里,它是只没有螯钳的肥蟹。

风声是从酒楼上传开来的——五个贼探,乔装行商,混进城内已有好多天,如数摸清财主殷户之所在,得意非凡,在酒醉饭饱的当儿,打着黑道切口,唾沫横飞,落入老经验的堂倌耳中,豺狼之心,昭然若揭。

一传二,二传三,传到华堂深闺中,员外公子噤声发呆,夫人小姐却希望是谣言。

街上月饼的生意依然兴隆,明日中秋节,店家的柜台口摆满斋月的斗香,彩幡飘飘,鲜藕红菱摊得到处都是,实在与太平盛世无异。

其实穷户也害怕,巷底檐角,交头接耳:强盗是要放火的,要掳大姑娘的。

孩童不知忧虑,赤足嬉闹在江边,忽然拍腿叫起来:"乖乖,那么多的大船!"

长江上,征帆去棹,日日见惯,而舳舻百数,列阵齐进,桅尖樯首,一无旗号,使人不能作商队水军想——那么,真的来了,强盗!

江阴县令,这时人在无锡兼摄政务,本衙执事的是县丞和主簿,日前有所风闻,认为野传不可轻信,径自在府纳福,旨在稳定民心,此刻忽报群盗乘潮逼岸,一阵冷汗后,居然动如脱兔,躲的躲逃的逃,俶尔举家不见踪影,好像早有准备似的。

江阴县,是个没有父母的孤婴。

"是好男儿,就跟我来!"

跃马高叫在衢口的大汉是到任未满三天的县典史阎应元。

青壮百姓呼啸而上,势如浪涌,顷刻已近千数——但兵器呢!

唯有马上的阎典史执长枪配弓箭,只见他率领众汉直扑市梢最大的那家木行,到得栅前,喊道:

"事急了,一人借一竿竹,向我收钱就是。"

众汉得竿,气势倍增,噪着向北疾奔,霎时江滨人若墙堵,竿如林立,阎应元策马巡驰,只等舳舻近来,潮涨风急,看看已及射程,开弓飞矢,正中那船首的赳赳恶魁,翻身落江,水花未定,又有二匪饮箭毙命,沿岸威号雷动,群竿狂舞,盗船却无声息,半落的帆篷速速升起,转体掉头,悄然逃去了。

江阴县的壮夫勇士们感到怅惘的是,上了战场,无缘杀敌。

酒楼上饮客满座,那堂倌忙得穿花蛱蝶似的,嘴里不住地自夸,他解得各路帮话切口。惹人取笑他从前一定做过强盗,至少是个剪径贼。

金风送爽,澄江如练,一六四一年中秋江阴县有惊无险,云破月来,笙箫鼓乐四起,家家户户格外有一种团圆的感觉。

阎典史与夫人对坐庭心，守着将要焚化的斗香，自剥红菱佐酒，都无一语——盗贼事小，大明江山眼看不保。

县令回来，查明抗盗实况，具文禀呈巡抚（县丞和主簿的失职，只字不提）。

巡抚用皇命赐阎应元依照都司衔，执掌徽察一县的事务，而且出门时，可以张起黄绫大伞，拥了金边的纛旗，开锣喝道……阎应元却觉得像是仗势欺人似的，脸颊阵阵臊热，行使过一次之后，仍旧还是策马独行。而且接下来也只是按照他的一般资历，迁升为广东英德县做主簿，又因老母病重，不克首途赴任。再接下来，便是崇祯自缢，北国沦丧，南地朝不保夕，阎应元携眷寄栖于东郊的砂山。至此，已是顺治二年了。

一六四五年，清廷贵族豫亲王多铎统率大军渡江，金陵，可说是不战而降，南明的福王由崧被执，臣宦作鸟兽散，明朝也就整个末矣。

豫亲王分派各个新封爵的贝勒，占定东南郡县。原本的守土史，愿降的降，要逃的逃，也有少数闭关聚众抵抗，围攻之下，快者只费一日半宵，最迟的也不过十天左右，城头换了新帜。江苏镇江号称京口，名都大邑以百计，一月之间，全部易主。

清兵攻陷南京后，便悍然下"薙发令"，汉人必得依照满人风俗，剃光头额四周的短发，将头颅中央的长发编成一条大辫，"留头不留发，留发不留头"，抗命者，斩首示众。

当时江阴县有位秀才，姓许名用，在"薙发令"的胁逼下，悲愤裂膺，六月初一那天，奔入学宫正殿明伦堂，挂起明太祖的画像，带领诸生哭拜，聚而同声者逾万，祭罢，列坐商讨对策，奉新任县尉陈明选做守城领袖，陈明选道：

"论智论勇，我都远不如阎应元，这样的大事，除非他来，才有希望，我，不离他左右就是。"

许秀才当夜骑往砂山，阎应元聆议，投袂而起，吩咐眷属速速整装，黉夜率家丁四十人，仓卒就道，平明已入城理事了。

城中兵不满千，百姓也只有万户，粮饷实难筹措，只好先着手制订户口册，征集壮丁，然后修建防御工事，然后取出以前的兵备道库存的火药火器，悉数搬入堞楼，然后，阎应元沉吟了——江阴虽小，鱼米之乡，膏腴之地，盐商木客必经之路，大户人家堪称巨室的自亦非少，否则也不会受盗匪觊觎了，然而为富为仁，难归一体，晓以大义，未必动中，唯有树起卓范，才能震召群伦，那就胜于苦口劝输了——程璧，是太学中的最高楷模，为人浩荡忠烈，江阴县民奉程子言行为圭臬，阎应元想到这里，便喊声"备马"，转身入内盥洗更衣。

国子上舍程璧，首捐贰万伍仟金。

红榜贴遍通衢，响应者接踵而至，情状慨慷。阎应元、陈明选、许用等分头解释道：

"捐助者，并不一定是钱财，凡是粟、菽、帛、布，以及其他军需日用的东西，都可以，请视方便而行。"

意明，捐助者更为乐意而热烈，很快就聚集了火药三百罂，铅丸、铁子千石，大炮百门，猎枪千柄，钱千万缗，粟、麦、豆万石，新酒陈酒、盐、铁、刍、藁的总数也相当可观。

武举人黄略,守东门。

把总张振堂,守南门。

陈明选,守西门。

阎应元自守北门,巡徼四门。

部署甫定,清兵已临城下,汹汹十万,扎营论百,列数十重团团包围,引弓仰射,伤了不少雉堞上的逻卒,而城端打石头的礌炮,用机关发射的强弩,乘高纷纷下袭,清兵死伤越多,平南大将军勒克德浑亲临督战,见状暴怒,下令驾来大炮,猛轰西门,城垣裂。

应元指挥若定,用铁皮包钉门板,贯以大铁索,吊下去掩护豁口,又取空棺填实泥土,叠起来障住隙处。

清军转攻北门,炮火连天,眼看城要穿了,下令:"每人搬一大石块,在城内更筑坚垒。"通宵达旦,第二重城墙立起来了。是夜,南门也做了要紧事:扎稻草人,衣之帽之,且持一灯,遍立城头女墙间,兵士伏垣内,鸣鼓大噪,好像要缒城劫营了,清兵大恐,仰弓乱射,稻草人受箭无算,取下分捆备用。也是这夜,东门出奇兵,十勇士以麻索系腰,乘月黑,倏忽缒落,潜窜清营,顺风纵火,清军仓皇失措,自相踩践杀死者数千。

清军撤离三里,止营。

城内亟于休整,无意庆功。

静了两昼夜,城下出现单骑便装的人影,抬头扬声喊道:

"我与阎公是老朋友,快去通报,请来相见。"

应元问明那人模样,暗暗骂声"无耻",便上城头看个究竟。

南明弘光在位之际,刘良佐是四个"国之重镇"之一,此刻在城下拱手作揖的就是他:

"应元兄啊,你知道,弘光大势已去,江南不再有主,你还苦守,又是为谁呢?我以当朝总兵的身份来劝你,献了城,日后的富贵荣华……"

应元答:

"我阎应元不过是明朝一典史,你是广昌伯、大将军,弘光四镇之一,吃过宗庙的祭肉,拿过封地的色土,你可以来见我,你有何面目见江淮父老?"

城下,马背上的那个,仰着的头低了下来,缓缓带转马首。

阎应元深知明室气数已尽,江阴城终将攻破,自己置生死于度外,可怜的是如此勇义的万户黎民。

那姓刘的惭退回营,贝勒斥为无能,又把新近从苏州松江得来的降将,裸裎反缚了架到城下充说客,嘎声高呼,涕泗交颐……

应元喝道:

"败了,就罢了,速速死掉就完,哪里来这许多不是人说的话!"

贝勒"劝降"技穷,改以"撤围"诱之,派人传谕:

"斩四门首事各一人,就不再攻城。"

应元叱曰:

"贝勒痴人,敢来说梦?"

这样几个口舌回合后,暂时不见动静。

又近中秋节。

应元与明选议定,普给军民赏月钱。

歇业的糕团作场,连夜赶制各式甜咸月饼。孩童们以为城已解围,欢叫腾踊,反使父母潸然泪落,叹道:

"能吃得着明年的月饼才是好哩!"

话虽如此,看到应元魁梧的躯肢,苍黑微髭的脸,人人都有一股说不出的信赖油然于心,父老辈有时直呼其字"丽亨",他笑应得分外温驯。陈明选一天到晚巡回抚慰士卒,竭尽所能,故若有明选所不能者,无人抱怨。

中秋夜,市廛城垛,到处飘散酒香,四门戒备森严,全县乐于如此难得的一醉。兵士击刁斗,鸣军笳,庶民中的善讴者,竞出献声。许秀才依照古乐府的格调,作了一首应时应景的《五更转曲》,这么"一更里来……""二更里来……"唱到"五更",再从"一更"唱起,听着听着,大家都会背会唱了。

十六夜,歌声与刁斗笳吹依然相和不辍,直到深宵。

十七日傍晚,许用说:"今夜不要再唱了,别弄得不像话。"

黄昏时分,应元与明选驾马车,循四门,分送酒浆肴果,招呼道:

"再唱一夜吧,五更转曲都会唱了,都来唱!"

顿时城上歌大作,金铁皆鸣,街坊闻知应元明选之意,于是全城百姓引吭放声,那些个素擅丝竹的,急切检出弦琴箫管,咿咿呜呜满街边行边奏,梵刹击

鼓撞钟以为应和,声传三里,勒克德浑步出营帐,对着月光,叹道:

"汉人之心如此!"

围城已逾七旬,豫亲王多铎限令贝勒十日之内攻克江阴县,否则要坏勒克德浑的前程了。

清兵架云梯、推冲车,敢死队铠胄皆用西番镔铁制,刀斧及之铿然锋缺。炮声昼夜不绝,百里方圆,地震水飞,硝烟蔽空,城中伤亡日多,号哭四起,人心都往最后一决想。

那天,曙色迟迟不明,大雨滂沱,近午时,有赤光起土桥,直熛城西,墙垣俄陷,清军从火焰雨訾中蜂拥进城,应元率死士百人驰突巷战,八次冲破恶阻,杀敌千数,再夺门,门不得启,应元自知路绝,纵身跳入前湖,湖水浅不灭顶,清兵涉水围集,遂被缚上岸来,押至清营,上囚车转解乾明佛殿。

刘良佐闻报,坐立不安,"必欲生致应元"的军令是他下的,而他实在怕见应元,此时强作镇静,箕踞佛殿中央的案前——一阵脚步声,应元泥水淋漓站在

面前,他跃起抱住号啕大哭,应元认为刘良佐这层痛苦并非虚伪,便闲闲笑道:

"不要哭了,我,一死而已。"

那边贝勒催命,即将抱哭者拽开,挟持应元急入内殿,卫士厉喝:

"跪下!"

应元挺立不屈。

贝勒左右,传卒横枪刺应元小腿,骨折,扑地血流如注。

晼晚,雨住了,担解应元至栖霞禅寺,锁于空堂柱上。

夜静,禅院老僧兀坐不寐,但闻一声声:"快来杀我……快来杀我……"

丑时过后,暴呼渐微——乃息。

老僧知应元死。

陈明选指挥到城破后,下骑搏战,至兵备道库门前,遭两路夹击,背腹重创,手握刀倚壁僵立不仆。

上述八十一日壮烈事,清宫史官不实录,后世何从证据——话说栖霞禅院老僧目睹耳闻,口传于青门山人邵长蘅，邵子善诗文，一切就历历于纸上了。老僧自亦木讷而有心，否则怎能知之甚详呢。

　　围城的清兵——二十四万。

　　攻打而死者——六万。

　　巷战而死者——七千。

　　（凡损卒七万五千有奇）

　　城中死者——无虑五六万。

　　（尸体满街巷，无一投降者）

此岸的克利斯朵夫

夏日卓午,我凭窗闲眺,席德进在阳光下走来,渐近,视线相接,彼此点了点头……他脸上有一种舛异的神色——四十年前,杭州艺专学生宿舍。清晰如昨。

一九四七年,暑假。艺专学子多半是外地赴杭的寄宿生,走了几个,等于全部留校。我是上海美专来的,杭州有家,不住——喜欢朋友,三三两两构成星座,游泳、爬山、打牙祭,闹些闹不大的纯洁笑话。

全都笨拙,没有见过一个精灵俏皮的人。对艺术、艺术家、艺术品、艺术史……严肃得愣头愣脑。也许，还是在"美育代宗教"的观念笼罩中。艺术家的生活模式？中国史上的参考过时而废。从欧罗巴的传记、小说、电影中借鉴，不期然而然要取十九世纪巴黎的那些公案轶事，作我们行为的蓝本。时空的差异像恶作剧，使我们的摹仿极不如意，畏于成拙而未敢轻易弄巧——当年个个傻，没有一个自觉其傻。而今想来仍然不可思议，我们这一代青年为何善也善得愚，恶亦恶得蠢。

时代的原因：我们是童年还未过完就遭遇世界大战，反常的生活持续了八年，忽然胜利，少年也告结束，我们没有惨绿过，没有见习于上届的青春，他们的嘉年华中只有硝烟血迹。至此，他们已入中年，我们则二十岁上下，对人生的无知，形成对艺术理想的偏执。艺专美专的学生中有抱负的几个，都一上来便以大艺术家自居——要么生来就是，要么至死也不可能是，这样就把自己列入前者，岂能不从早到晚踌躇满志，落拓伤怀，一切闷在心里，其实心里也没有多少"一切"。

我在艺专,凡从美专转学来的,算是老同学,艺专学生,算是新同学,问问老的新的,谁画得好、最好?都说席德进。还有谁呢?说不上了,或者莫衷一是了。

艺专傍山临湖,山是"孤山",湖是"平湖秋月"一带。早先有音乐系,设在与"平湖秋月"相连的长榭的"罗苑",成排的琴室,水面风来,仙乐飘飘,那是三十年代的西湖韵事。轮到我辈,只剩礼堂台角的那架立式的"莫扎特",练琴者一个接一个,宛如岗哨换班,交替之际,不免要攀谈几句。席德进中等身材,宽肩方脸,发式童花,即是短短地散盖在额上,像个小沙弥,他知道我不把他放在眼里,我知道他认为我不在话下。白球衫白短裤白麂皮快靴,我这一身白必然惹他生气。他的毛蓝土布短衫草绿军裤橡胶鞋,也不符我审美准则。各自有所畏惧,摸不清对方到底有多少分量。当时都没有分量。谈贝多芬,谈肖邦。最大的难事是要年轻人承认浅薄。

那时的杭州已不是天堂,那时夏天的艺专是天堂。

女生朴素极了，不一定是穷，是不会打扮，又想耍点什么花招吸引人，就弄成个放浪不拘，衣裙零乱首如飞蓬，在白堤的万千柳丝中扬长而过，本地人称她们为"艺专的疯婆儿"。

男生多数是真穷，穷学生夏天有福了，赤膊、泳裤、木拖鞋、一顶大草帽，节奏分明地来，节奏分明地去。若论遮阳眼镜、金项链、手表，梦里也没有。唯独姓曾的四川娃子不知怎地拥有一个铁质的小十架，用细麻绳挂在脖子上，十架垂落于两块胸肌间，晃动不已，到处令人羡慕，众男生只能从大处着眼着手，练好全身肌肉。有外号叫"阿波罗"的，也有叫"大卫"的，最壮硕的那个李黑蛮叫"暴风雨"。

暑假，食堂照常开伙，四川人占优势，天天吃辣，一辣，就没有话说。女生进餐厅时还要叫：

"辣椒有没有哎？"

叫得最凶的是汪婉瑾，即后来被误定为席德进的女情人的。

晚餐后，常有音乐，可敬可怜的。热心而好事者，把私人的留声机从宿舍搬到餐厅来，像是庄严"布道"。没有海报也没有节目单,当然是古典音乐,多数是浪漫主义的标题音乐。灯光昏暗,人头黑簇簇地显得听众很多,各自摆出认为最舒坦最优美的姿势。已经揩抹过的桌子们散着辣和腥的秽气,肃静,音乐进行着……蚊蚋扰人,唱片又要翻面了。

席德进一开始就唯美主义,邓肯自传,王尔德狱中记,陶林格莱的画像,约翰·克利斯朵夫……艺术家如蛾扑火地爱美,必须受折磨受苦,百般奋斗,不是没有卑下的情欲而是不被卑下的情欲制服,几次三番地死而复活,终于成功,一成功就不会失败了——伟人传记都如此波澜壮阔地写着,同学中的佼佼者大抵这样自我期许,席德进是这样,"阿波罗""大卫"是这样,"暴风雨"总也是这样,胸肌间有小十架晃动不已的那个,正走着罗丹的路。

那天近午,席德进在顶射的阳光中走过窗下,颜面苍白,严峻,平静,只能称之为圣洁的气象,整个面部呈现一种不发亮的光——从未见他如此,因而讶然:他刚做完了什么事?什么事能留下这样的神色?目光接触之后,都没有交谈的意向,他折入寝室去了。

我继续寻思，席德进有此超乎常情的神色，那么以前我对他的认知是肤浅的，如果，刚才的印象，是他的主要"层面"，他担当得了吗？我疑虑，漠然地不安，这是有所殉的牺牲者的表情，人的最后的表情。

一九八一年，在上海得席德进的讣闻，蓦然浮现那个四十年前艺专宿舍窗口的印象，席德进死后，脸上是否重现这表情神色……

若说无缘，却是在艺专时由相猜忌而转为相敬悦，一谈数小时。若说有缘，一九四八年为时势浪潮所冲散，彼此不明下落。若说毕竟无缘，某日在台南的旧货摊的唱片堆前，有人牵制我的臂肘，我怒而回视——"席德进！"

他笑呀说呀，一点也想不到我会在岛上，我也以为岛上有个本地的席德进。他在嘉义中学当教员。

"你呢？"

"写生哪，整个跑遍了，住在麻豆，糖厂子弟学校宿舍。"

商量停当，在旧货摊的账柜上草一短简，告之麻豆的同居者,我去嘉义暂住,余后详。

贝多芬的交响乐,从 NO.1—NO.9,一个金指环作交换,老板还找我不少钱。旧式的唱片多沉重,二人分提。至今我仍留恋那种精装的硬封套的圣物,那种重量的象征性。

嘉义风物,已忆不起。嘉义中学,树绿,路灰黄,模模糊糊。只记得那寝室,很小,床是竹制的,在我们浙江,叫竹榻,为我又搬了一只来,他的靠墙,我的临窗,还有一小桌,一板凳。画件不多,倚在壁角,显得次要,而室内也无主要的东西。那年代,我们毫不在乎身外之物,不以寒伧为可耻,因为从书本上看到,胸怀大志,都这样。吃食也不知讲究,学生时代似乎还没有长味蕾,无论如何想不到后来会变成美食烹调高手。然而那一阵子席德进每晚预告翌日菜单,回锅肉、连锅汤、麻婆豆腐、怪味鸡,二人在厨房乱转乱煮,现在想来,全是辞不达意的四川料理,拙劣极了,快乐极了。当时我们的画也同样拙劣而快乐。他拿出阿里山的风景写生,我无言。

"你说说看呢,怎么样?"

"这是阿里山?"

"是啊,上个月写生的。"

"这哪里是阿里山。"

"是什么呢?"

"什么也不是。"

"那也没关系。"

"是没关系。塞尚的普罗旺斯也不是普罗旺斯。"

"只要是画!"

"这还不是。"

他又翻出一叠人像,铅笔钢笔速写的。

"这些是你的学生?"

"是。"

"是学生而已。"

他从篮子里取一帧精致的肖像:

"这呢?"

"是谁?"

"克利斯朵夫!"

我仔细端详,他兴奋起来。

"这个克利斯朵夫很漂亮,好莱坞出身。像你自己。"

好莱坞?他难受。像他?他惊喜:

"你说我像他?"

"像。"

"怎么会像呢?"

"把不理想的都变为理想的了。"

他侧首一笑了之,彼此心里并不了之,他陷入沉思。我的意见是:他把自己渴望具有的容貌,一一诉之于克利斯朵夫的脸,越画得雄媚俊逸就越显得画者本身难与比拟,艺术的可能反证现实的不可能——这种苦楚我熟悉。画家终其一生,时时刻刻保持着这种绝望,极少例外。

当时上海美专和杭州艺专在素描上的共性是,以意大利文艺复兴期的绘画为源泉,歧异则在于私淑宗师,美专倾向米开朗琪罗、达·芬奇,艺专倾向波提切利、拉斐尔。而印象主义呢,美专尊塞尚,艺专尊凡·高。再下来,则美专偏爱毕加索,艺专偏爱马蒂斯——我想,似乎是两座城市的地域特性的关系,似乎是两位校长的脾气关系,似乎是两方教授的癖好关系。一个学校等于一个国家一个民族,自有其群体潜意识,学生们是身在其中不明底细的。我既然感到了滑稽,就要脱出这种群体潜意识,所以,对艺专的校风、画风,无异己感,既忠荩于米开朗琪罗、达·芬奇、塞尚、毕加索……又投入波提切利、拉斐尔、凡·高、马蒂斯……

出现了"新派画",也像"印象派"这个名称由"负"转"正"那样,"新派画",原是正统的写实的门户中人,挖苦非正统的不写实的作品,信手拈来的一个贬义词。后来,摩登学子就干脆自命"新派画家"。四十年代美专艺专的新派,只新在校门国门之内,烽烟弥漫了八年,两校都好不容易从闭塞的内地徙回原址,世界艺坛已是什么局面谁也弄不清。

席德进肯下苦功,宿舍楼梯转弯处,得一小阁,架块板亮个灯,灯泡上罩张锡纸,便是独立的私人工作室,但没有门,人来人往,都看见他在练线条,大家又羡慕了,放轻脚步以示尊敬,"席德进在修道!"整个艺专,年轻人都还很老实,少数别有用心者,别有一种愚蠢而已。美专也是,浑浑噩噩,几许自以为先知先觉的,不过是"意识形态"上的浑浑噩噩。一般单纯爱艺术的男生女生，只知画画，看画，也看别的文学书，此外就是通俗流行的恋和失恋。

行到楼梯转弯处，我不免靠近看看——席德进在白纸上重复重复地勾勒一张女脸，偶尔是男的了，忽又是女的，头像，胸像，半身，全身，再头，胸……造型近乎毕加索的新古典希腊风，掺进若干马蒂斯的野兽味，笔尖缂缭有声。

"这样，有什么好处？"

"心里要什么线，手上就来什么线！"

"从偶然到必然？"

"对，要必然。"

"必然就好么？"

"好！"他手不停，目不旁视。

"我说偶然好。"

他停笔看了我一眼。

"你不练？"

"不想。"

"练的好，林先生的功力就这样深，要什么线什么形，稳拿！"

"你画吧,不打扰。"

我始终不以为凭某一项基本功能成气候,各项基本功综合起来也仍是"基本"而已。这种必然的线必然的形,如果没有观念上特别繁富的渊薮,会流于概念化、表面性。后来在席德进的人物画上,一直可以看到他所执意追求的线和形。当年借五支光电灯练就的少林功夫,得失难言,得中有失,失中也不能说一无所得。"箭无虚发"是高明的,鲁宾斯坦的钢琴演奏"一半音符掉在地上"也许更高明。但性格即是命运。

在嘉义的一段日子,他常要去授课,我独自在窗前阅书,睡着了,醒来,索性躺到竹榻上去。

附近走走,用不完的时光,常想如何一次用完它。我们的青年期,时代充满谬误,我们自身充满谬误。所谓"纯艺术",纯到了对社会对生活只用哲学的角度历史的角度来接触,热衷理论、忽略经验(经验也还没有来,正在来……)注定要从自我架空的状况中摔落。当年艺专美专的几许骄子,都是西方浪漫主义回光返照中的蜉蝣。浪漫主义狂飙运动早已过去,东方却还凭借迟迟射来的余晖，蜉蝣们上下其舞。

我们吃辣菜、喝酒，走在大王椰子树下，到野地去模拟邓肯的舞蹈，自然的背景乃是蓝天白云海鸥回翔，而时代的背景已是暴风骤雨不容旁观——两个二十岁刚出头的青年，即使在最浅显的道理上，也无从分晓何以史籍所载的任何朝代，都有艺术家进退取舍的余地，唯独我们身逢的时代是不可能有一个旁观者的。我们又正处于那种尴尬的年龄，所有的伎俩是假装"老练"，对任何人都矜持不懈，结果便是无救地"稚拙"。一是生性倨傲，耿介而容易钟情。二是童年和少年的忧伤并不能算作现世生活的阅历，对整个世界还懵懵懂懂。三是迈步入世，一脚踩在中国近代史的最拗搅的章节上。当时精明强干的中年知识分子，饱经风霜足智多谋的老年知识分子，尚且惶惶，慌于抉择人生道路，何况我辈毛羽未全的艺术小信徒。

如就当时所知的已经成型的人物而言，其中最卓荦者，也不过是浪漫主义在中国的遗腹子，"五四"后，这种迟到的西方思潮很快就分趋两派：极权的、社会的。民主的、个人的。论争既起，形成两大阵营，而现实的繁复动荡,人性的幽邃多变,总是使任何一种信仰终于显得是少数主有者的刚愎自用。中国没有顺序的"人的觉醒""启蒙运动",缺了前提的"浪漫主义"必然是浮面的骚乱,历时半个世纪的浩大实验,人,还是有待觉醒,蒙,亦不知怎样才启。西方文化的衰落是世界范畴的精神的凋疲,有规律、有模式;东方文化不在这个大规律大模式中。两千年西方文化史章节分明得使旁观者逐页称奇。本世纪初西方知识分子向往大同学说,从理性上道德上解释并追求那个只讲究动机而无能推测效果的新乌托邦。知识界的拔萃者都明白,西方的既成社会体制结构,不可能再产生"奇迹",个人主义毕竟成不了信仰,世界亟应被拯救,拯救世界的无疑唯有靠信仰而不能倚仗别的。所以认为旧的信仰已成暮霭,新的信仰现了曙光。从"浪漫主义"到"新信仰",西方有近百年的思考期,是故"新信仰"不是"浪漫主义"的直接后继,两者的间隔内涵,足够使他们即使失落"新信仰"也不致整体崩溃。他们仍能重温欧罗巴的人文传统而再探索下去。本世纪的四十五十年代,"新信仰"的水已经落了些,石已经出了些，西方不再把基督精神与大同学说掺和解答，理想主义者虽然在公众场合面不改色，私下则俯视双脚踏在梦幻中，其实倒是已经醒了。

我与席德进在嘉义中学的树荫下草地上即兴舞踊的时日，除了亚热带蓝天白云的自然背景，全然无知还有一个略如上述的时代背景——但是，果若当时有人为我们剀切透辟地殷勤讲演，我们就听得进、听得懂么。

一九四八年底，杭州上海的亲友催我速归，于是匆匆整装，从麻豆直奔基隆，在"华生轮"舱中安顿好后，船主却说要待阴历元旦后才能起航——这就可以登岸去与席德进话别。

他以为我又像上次那样纯粹云游，旋即明白来意，黯然而泫然了。

寒假，他终日与我相伴，行将长别，话题多而琐碎，仍是三句不离艺术，从未涉及家庭、亲属。津津乐道的是高脱弗烈舅舅、奥里维、葛拉齐亚……二次大战后，《约翰·克利斯朵夫》在法国已无读者，而四十年代的美专艺专学生，奉此小说为圣经。"打开窗户吧，让我们呼吸英雄的气息!""窗户"在亚洲,"气息"在欧洲,时差是一百年四百年,这种本是神人清醒的"英雄的气息",反而弄得我们喝醉了酒似的,将艺术的人物倾在生活中,而把现实所遇者纳入艺术里。我们的青春年华是这样结结巴巴耗完的。

如果说"痛苦""灾难"使人早慧早熟,那么我们在二十岁以前所受过的那些折磨,大概算不上"痛苦""灾难",所以迟迟不慧不熟。我来嘉义"话别",其实是希望他与我同回浙江,他则说来说去还是要我留下来,然后想法一起到巴黎,六天过去,坚持不下,第七天夜晚,喝了酒之后,无可奈何中定局:我走我的,他留他的,但"巴黎重见"的信念一致不变,心情倒又豁朗起来。

"汪婉瑾,记得吗?"他问得太突然,我停了一会才答:

"很耀眼的。心地蛮善良。"

"喜欢她的人不少。"

"李擎亚追不着,向我请教。"

他一笑：

"你出了什么主意？"

"我说：第一，先要赢得她的尊敬。"

"你知道她爱谁？"

"不是和翁祖亮在一起吗。"

"她爱我！"

"那她同时爱两个人？"

"翁祖亮是后来的事，起先是爱我。"

"闹翻了？"

"我们一直很好，像兄妹，兄妹以上，就不成。"

"为什么？"

"我试着爱她，不行，实在不行。"

"怎么啦？"

"我爱的是刘式桓。"

刘式桓，那个老弹莫扎特土耳其进行曲的"大卫"，整个暑假不穿上衣，脸俊气，头发蓬松，一流身材，走起路来就容易显得潇洒，天津口音夹点四川腔，嗓音微微沙哑，性格单纯柔和。那时的学生差不多全是这样，不这样的必是坏蛋。

听到我对刘式桓的好评,他十分高兴,而且得意:

"我们好过,好得相当深!"

"汪婉瑾呢?"

"我曾经吻她,一点感觉也没有。"

"怎么一点感觉也没有?"

"不爱么,爱不起来就爱不起来!"

"她呢,怨恨你?"

"不怨,翁祖亮,是我的意思。"

"什么意思?"

"后来我最爱的,真正爱的是翁祖亮,我教他画,天才,真是有天才,进步好快。"

在我的印象中翁祖亮是个颇高的小孩,极平凡。而席德进许为"理想的美",陶林格莱。

"后来,我决定走了,让他和汪婉瑾在一起,我两边都完了心愿。"

我反问道:

"张雪帆,记得吗?"

"你怎么想起他来?"

"你写给他的信,他给我看了。"

"真的?"

"那天他愁眉苦脸地来找我,说落在困境之中,希望我能解他的危,便拿出这封信……"

"你们是好朋友?"

"一般。他说你待他确实是真心,很感激你,但不可能做到像你对他那样地回报你——我拒阅你给他的信,张雪帆便把信的内容讲出来,要我代他回复。"

"噢,现在才明白了,应得谢你,治好了我的热病。"

张雪帆是我上海美专同学,那年暑假他想转学杭州艺专,考插班生未被录取,与席德进是四川同乡。

我说:

"那时候你和我还不能算认识,我对张雪帆是了解的。你为他而病,说,如果他不再来杭州,你的病就难好。我从旁看,认为不值得,徒然自己受苦——给他拟了信稿,他连抄一遍都懒怠,就此寄出,就此若无其事了。"

席德进说:

"原来这样……我也要告诉你,当时,一是使我断念,振作起来。二是……信还留着的……"

他要去开箱,我阻止。

"再看一遍么。"

"是你和他的事。过去了。"

他呆立在箱子前,使我感到还该说些什么:

"你以后,以后你的一生,将充满痛苦。"

"我也不是不知道……但,你说,就没有人会爱我?"

"有的。很难有人像你爱他那样地爱你。"

"你呢?你的命运?"

"我没有命运。"

"奇怪,你不谈自己,杭州认识,台南重逢,这次再见,你从来就只谈艺术?除了你的姓名,我还什么都不知道。"

"我这个自己还不像自己,何必谈它。"

"你很奇怪。我也没有问,是我自私?"

"你在艺专的好名声中,有一风评是:自私。我时常听到。"

"我也知道。"

"你没有找到认为值得为之慷慨的人,你便自重自卫,有时自重自卫得过了分,别人就说是自私,而你对那种人就更看不起,他们就更觉得你傲慢吝啬。"

他欲言,又止。

我也有一种难以辨别的感应,当时隐隐知觉,自忖说不确切,就沉默了——现在或许能表达出来:席德进是殉情者,但无情可殉,故殉了别的。

这种夜谭,往往持续到深宵。纪德曾以美即尔克的名义,一再启迪奈带奈霭:是爱,而非同情。席德进和我都是纪德的书的耽读者,而在这种夜谭中,我所能做到的付出的无疑只限于同情,有时连同情也显得勉强,流于理性的涵容。我想,纪德本人,除非他把什么都摈拒(他做不到),否则,能收受的,也仅是较为精致的同情而已。这种现世生活的悲惨性质,使我向来习惯于自己的湮没。能作个旁观者,一切哀乐恩怨的旁观者,已是万幸的了。后来在生活道路上的颠沛流离,都是由于作不了旁观者。

所以回想那段嘉义话别的日子,我们当时还是很逸乐的,一夜一夜地静聆席德进回顾往事,我随机插入品评,即使取笑挖苦,他亦不以为忤。白天,他常被学生手拉手地邀请去参与他们的新春家宴。每次总是先传来跫声和喧笑,门一开,泥娃娃似的七个八个连着倒进来,席老师喜欢他们,穿起他唯一的土西装,众爱徒便簇拥而去。虽然也邀请我,我的婉谢总是成功的。但现在竟记不起独自怎样解决午餐或晚餐。却清晰地看见自己在窗前的小桌上写信,明天我要回基隆了,所谓"巴黎再见",何年何月。我该留些什么给席德进,断断续续地写,想像到我走之后,他读它们时的心情,便越写越激奋,也越不安起来……

晚上他回来,面有酡颜,在学生家喝了酒,可能喝了好几家,陶陶然话绪不断,又要听那个圆舞曲,一再说这是他最喜爱的。我认为它很普通,柴可夫斯基也难得写这种小品,薄俗,甚至轻佻(是管弦乐,已忘了作品第几号),我当时是勉强聆着,暗中诧异,为什么席德进特别欣赏这支曲子——考虑那写完了的信,该如何……

"明天,明天晚上我走了。"

他停掉留声机。

"上海我不会久住,杭州你有什么事要我办的。"

"翁祖亮他们,我也管不着,不忘记我就好,和汪婉瑾结婚,就结婚吧。我自己会写信的。你代我关心开心他们,可能的话。"

"还有什么,我可以做的?"

"《安娜·卡列尼娜》!"

"到上海就给你寄。"

"最后一夜了……"

"我也觉得巴黎渺茫。"

"会不会从此见不着了?"

"见是见得着的,你总要回四川,我也没有游过峨眉。"

翌日,他要为我饯行,我没有情绪合作烹调,认为煮点米粉之类就可以,结果还是折中为"红油抄手",四川的辣馄饨。

"为什么你们叫它抄手,不过总比馄饨好,浙江人是混混沌沌。"

"你说些杭州话给我听?"

我便胡乱自问自答了一番,他笑道:

"好像又在官巷口、延龄路上:杭州呀,也许一生中，要算在西湖边的那些日子最无忧无虑了!"

我因为接着就要重续湖畔生涯，所以没有特殊的感喟。

离别，走的那个因为忙于应付新遭遇，接纳新印象，不及多想，而送别的那个，仍在原地，明显感到少一个人了，所以处处触发冷寂的酸楚——我经识了无数次"送别"后才认为送别者更凄凉。

中午吃了馄饨，真是混混沌沌，天色转黑后，都不想晚餐，他怕我路上饿，买了些糕饼塞在背包里，使我想起从前在故乡要到外省去投考中学时的情景。

手上还有一只指环，不会再买唱片了，我说：

"并不是表示感情，你留着，万一急需钱用，就把它变卖了。"

"那一样，你在路上，可能发生什么事，好拿它对付。"

"至多三天就到上海，有人来接的。"

"不是平常了，上海没人接你怎么办呢。"

他知道我与华生轮船主是讲定到上海再偿付路

费的。

现在回想不起何以那天要挨到黄昏才走,许是候一班夜间才经过嘉义的快车。也记不起怎样到港口,怎样通知华生轮放舢板接我到船上,都茫然得好像没有经历过。然而分明记得趁席德进不在寝室的某一刻,将前几天断续写成的信,放在他枕上,再将被子盖好。当我背起小包,那些简陋的竹木家具忽然十分亲切。

走在通向车站的路上还是谈着约翰·克利斯朵夫,他总是领前一步,我看见的是他的背影。

似乎艺专的学生好多是这样走路的,两脚作外八字,双腿不靠紧,臀部就左右摆动——他何以不发觉这种步姿的伧俗?

对他说明?我没有这份勇气,交浅言深还深不到这个层次——已经太深了,深在那封留置于他枕上的信中……

"席德进,我忘了东西,你在这里等一等,我回去拿。"小包卸在他脚边,跑步。

揭被抽出那信,对折,塞进后裤袋,以更快的速度奔回。

"找到了？"

"找到了。"

又继续谈我们的克利斯朵夫、奥里维、舅舅、母亲……不是自己的舅舅母亲，是小说中的……忽然想到也许他在自比克利斯朵夫之余将我喻为奥里维，那就全然误会了——收回信，是应该的。

临上火车，握手苦苦地笑，还是那句话："巴黎再见！"好在巴黎总是耐心等待我们的。

回到华生轮的舱中，第一动作便是掏出裤袋里的信，阅后想撕掉，转念也许若干年后，能寄给席德进。

杭州，为筹办绘画研究社忙了好久，才有余暇去艺专，汪婉瑾问道：

"什么时候回来的？"

"快两个月。"

"席德进在信上说：朋友走了，他哭了一夜，那是谁啊？你知道吗？"

我摇摇头。

"说是一起过年的?"

"我在基隆港口,船上过年。"

"那个朋友会是谁呢?"

我相信汪婉瑾并非佯装,席德进确是只说"朋友走了"。我们都这样,活在诗意中,认为一着实便俗(这种营造诗意的嗜好,是我们青年时期的恶习。艺术,似乎必定要先对我们有害,害得好苦,而后一点一点有益了,过程非常悭涩)。

我离嘉义,席德进哭,除非是由于我的赋归,他驰思老家,怀念西湖的情人朋友,才流泪失眠。对于我,那真是"除了姓名,还什么都不知道"。

然而汪婉瑾的话刺痛我,一瞬间,剧烈懊悔没有把那信留下。

四十年后,才在笔记本上写道:

"友谊的深度,是两个人的自身的深度的表现,浅薄者的友谊,是无深度可言的。"

我们年轻时所能认知而信奉的,只到西塞罗的里程:"唯有好人之间才会产生友谊。"而今看出这种古典的智慧是宏观的、太憨厚了,无非反证着"坏人之间不存在友谊的可能"而已。好人,如果是浅薄者呢,常见的所谓好人,倒真是浅薄者居多。

四十年前的我们,至多是竭力摹拟书本上的具有深度的人——我的"信",他的"哭",都是摹拟,结果是见其浅不见其深。年龄即是宿命。

从此,没有消息。一九四九年夏遇见过刘式桓,一身蓝灰细布的制服粒粒钮子扣紧,浙江某小城的中学教师,形容憔悴头发短而稀疏,"大卫""莫扎特"等等的概念消失得无影无踪。问及"阿波罗""暴风雨",他也不明下落。后来,听说翁祖亮和汪婉瑾结了婚。后来杭州艺专迁到西湖的另一边,涌金门外,原址则改作农业展览馆,每次经过,克制不住地眺望那个本来陈列美术品的厅堂,屋顶是希腊神殿破风的格调,所以分外显得寂寞。

一九八一年廖未林从美国到上海,很快传开:席德进已是著名台湾的大画家,上海的艺专校友奔走相告,席德进的画集、照片也见到了。廖未林说,席德进渴望得到老同学老朋友的讯息——是时候了,三十年来风霜雨雪,使我们不必妄自菲薄,何况席德进正在病中,什么病?廖说,胰脏功能不佳,最近好了些,会康复的。

当时我正主持着一项工程,烦重而紧迫,每夜入静后喝杯浓茶,与席德进笔谈,也就写长了——矜持、做作既去,语流便畅澈无碍,连嘉义话别留信,又收回,又懊悔的往事,缕呈细节,以博一笑。也初评了他的画集,尤其是近期的水彩风景,那是"席德进"的了……当我转为剖析自己怎样脱出罗曼罗兰的轨迹,而质疑他为何还走在"克利斯朵夫"的路上时,牵涉愈广,泛滥而不能停蓄,但我决意写完这封超长的信,有时写到曦色明窗,还是兴致勃勃……

廖未林经杭州、北京,折回上海,第二天就要飞返纽约,这时才阴沉地告诉我,席德进患的是癌症,危在旦夕。

我想,想了又想,说:

"我的信写了一半,这次不能请你转交了,以后再说。"

以后,就是因为已没有"以后",这样的信只好废了——在他的记忆中,我是个"除了姓名,什么也还不知道"的朋友,这样的"思前想后"的长信,对于精力充沛远景在望的人读来可能是快慰的,所以就完全不堪付之已濒弥留的席德进。

廖未林匆匆赶程,是否鉴于席德进病情恶化,急需将大陆亲友的心意在他死前传到。一路拍了许多照片,杭州艺专旧址,宿舍门口的那张尤其有"人生如梦"之感。同学一个一个全老了,但都能辨认得出,有的拍了全家的,那就连主角也迷糊在整个的陌生里——它们能安抚席德进。我只宜悄然引退。信、赠物、照片,都没有交出,就像我"以后"还可以把一切向席德进说清楚似的。我常常看到人们要做"这样的"一件事,结果做成了"那样的"一件事,他们以为做好了,因为,已经做了么。他们习惯于把"做了"看作是"做好了",不分别"这样""那样"。

当时是夏。我犹存幻想。

秋,幻想绝灭——我本企望奇迹,癌症中有自行好转或为特殊药物治愈的例子。

噩耗传至已是八月杪，沪地同学没有形式上的追悼。吉讯与凶讯相隔仅两个月，等于连接着传来，大陆的同学亲友，刚开始分享了他艺术上的成就，幸乐的心情旋即沦为哀伤。也有人写了文章登在刊物上，看了之后觉得未必是吊丧，倒近乎凑热闹。

办公室的窗外，秋初的草坪绿色未减，尽处是池塘，再后的林间是每日散步的曲径，黄叶衬着午后明艳的蓝天——与我同辈的朋友已消亡了几个，结局都是始料所不及，亦可说还不及料，骤尔故世。记忆中，仍是年轻的音容笑貌，都没有病相老态？青春原来是这样存在着，常说的"中年人""老年人"，内心其实是青春的。或说青春在形体上呈现得很短，在内心却留存得很长。"青春"和"生命"是同义词。如果内心也枯朽了，那么活着的形体是个假象。席德进夭折在他最青春最有为的生命阶段上。从带回来的照片看，他有了一分从前所没有的美感，由于消瘦使脸的轮廓显出刚性，而且他宜于这种丰厚的发型，他从前画的克利斯朵夫像便是这种发型——如果对他说，后期的席德进比前期的席德进美得多了,他必定会反驳而狂喜——是这样的人。

连日来午膳过后,沿池塘踱入林间,席德进的近殇,引悼十多年以还的诸位亡友……当初各奔前程得失沉浮已不必厚非,卅余载音讯全杳也已不足为憾,只待重逢的一夕目击而笑,细数风霜沉着痛快,人生至乐可谓无过于此,就像我们之所以苦苦执著性命,为的便是换取如斯的酬偿——讵料一个一个相继永逝,而且没有一个堪称安详瞑目,他们的生命都是被攫夺遭摧毁的,其中亦有败德而自取灭亡者,我也原谅,着眼于畴昔贤美的一面。早岁从书本上看到哥德、福楼拜迟暮独兀的荒寂,那时我年轻,隐隐感到怆凉的况味,而今亲尝备受,才识得每代人都要从头衔恤体会过来,然后过去。

人生三十仅只是试立,五十,庶几正立,六十能不惑也还未见得。所值的时代,动辄颠倒乾坤斯文扫地,史学文学哲学一概垂头莫对。要在这样吊诡的乱世苟全性命,曲折离奇地获取个人的成熟,真是唯有靠天假以年了。"成功之路,往往看一个人是否知道要多久才能成功。"孟德斯鸠这一珍贵的高见，席德进是明白的，所以临终的他，万分不甘心……

自来美国，有关席德进生前故后的资料，都一一看了——那么，他真是一直径自走着约翰·克利斯朵夫的路。罗曼罗兰在其小说的终局，克利斯朵夫渡过了河，象征性十分粗浅，不妨权且引作比喻，席德进是有望渡河，突然折倒在岸边。虽则生命不直接等于智慧，长寿者未必超凡入圣，但说"死亡是一种美"的是高龄硕果的毕加索。

评析席德进的艺术，是我渴欲畅言的心愿，如果全面成文，那是"祭文"，不是"论文"，我只在乎对他一倾积愫。他从前向我吐露的是情的隐私，而今我想款謦的是理的诤讼，面对面谈，谓之坦率，单方撰文而公之于众，我就不知读者为谁了。

死，使"情的隐私"朗净以成人生的暖意润感，而"理的诤讼"，却正因生死之隔，只好适可而止，所以我讳避了这类题旨。自己闷郁着就是了。生离，死别，使我们无缘共事艺术的探讨。克利斯朵夫的路，已是乏人回顾的陈迹，所以席德进是孤苦的，惶惑的。所以"渡河"之喻，哀叹是双重的：一是年命，二是器识。

死者，沉睡在青色的宫殿里，当世上有人怀思时，眼睑徐徐而启……怀思淡去，眼睑又闭合了——梅特林克是这样写的。

　　　　　一九八六年，席德进逝世五周年

西邻子

童年的相片,童年的相片到后来就珍贵了,任何人的童年的相片,与成年的相片并摆着,便可以徐徐徐徐看出这个孩子乃是这青年,乃是这个中年老年人,感知的过程是魔幻的。也有极少的例外,终于无法指认,或因观者目力不济之故。

自己所钟爱的人的童年的相片,同样很有意思,那时,孩子时,谁也不认识谁,怎知会遇见你啊,"你啊"。假如儿时已成伴侣,相片也同样逗趣,说:从前就是这个样子的,你记不得了,我记得。

少年人对自己童年的鳞羽是不在怀的,浪荡到四十岁,我才检出孩时的留影,与父母的遗容,置于一个乌木扁匣中。有时开匣,悼念双亲,自己童年的模样毋庸端详,徒然勾起那段时日的阴郁、惶惑、残害性的寂寞。

姊姊比我大十龄,姊夫比姊姊大四龄,所以其他的亲眷相继丧亡失散后,唯有姊姊姊夫偶尔会提起,提起童年的我,似乎是精灵活泼的,我觉得无非是借此埋怨我成长以来变得迟钝冷漠,所以这些追认性的赞美,不能减淡我对自己的童年的鄙薄。

讵料在一场历时十年有余的火灾中,这些相片被烧掉了。

火灾稍戢,有朋友为我的幸存而设生日宴,设在她家,因为我没有家,她的家也是破后重新收拾起来的。壁上挂着一帧放得很大的孩子的相片,我说:

"你吧?"

"是,六岁时照的。"

"可爱极了,很像。"

心里忽然充满自己的往事,一个人,寒伧得连童年的相片也没有,靠解释就更像是弃婴孤儿的遁词了。

自从姊姊殁后,可知的同辈亲属只剩姊夫,住在市郊的小镇上,去探望他,得渡一条江,再车行十里。他家的西邻有个孩子,威良,每次总引我注视,惘然了几度,不禁问姊夫:

"你看威良有点像谁?"

"像谁,像你,我早想说,真像你小时候!"

是希望由姊夫来证实我的感觉,不防他说得那么肯定,我讪然而辩:

"一点点像,我是丑小鸭,威良俊秀……"

姊夫笑道:

"就是像,简直与你小时候一模一样,脸,像,表情,也像,人家看你时你不看人家,人家不看你时你看人家……"

"谁都这样的呀!"

"哪里……你看人的眼光是很特别的,威良也就是特别。"

此后,一见西邻的男孩,我羞愧忐忑,而且真是但求威良不留意我,让我静静观察他。孩子十分机敏,借故回避我,偶尔相值,他腆红了脸,我说不上半句话。只有姊夫乐于作见证,不断回忆出相似的微妙处,而且对威良宠渥备至,常在我面前夸奖他,我听着,含笑不语,因为如果附和,岂非涉嫌自我溢美。

凡是得暇渡江去探望姊夫,便悄然想起邻家的孩子,如果为他摄些相片,由姊夫选出其中酷肖于我的,以此充作我的童年留影——这个怪念头初闪现时,我暗喜不止,如此就更足以蔑视那场大火灾,毁灭不了不该毁灭的,接着,却一层层忧悒下去,时代不同,服式发型的差异太大。而且我怎能将这个意愿向威良说明白……

怪念头时而泛起时而沉没,光阴荏苒,愿望渐渐减弱成——请姊夫为我与威良合影,等于一个人把自己的两个时期的相片并拢来,我可磊落声称:这是我和小友威良,据说他很近似我童年的模样——但他肯与我合影吗,小孩对成人有着天然的敌意,我一直记得。

某日晴好,又是春天又是安息日,长久没有渡江了。

小镇景物依然,却不无生疏之感,这几年姊夫退休后,会面都在城市,他说人老去,有时反而想看看热闹,我们就饮于繁华区的酒家,其实他也是重温旧梦,遇事豁达大度,平时却又十分讲究细节。他抄给我新址时还画了地图,这小镇我还不是了如指掌么。

姊夫由镇北迁到镇南,这幢新楼,我是初访,感觉是轩敞整洁得情趣索然,我的不速而至,使他分外兴浓,举止失措,语多重复,我怜恤他的老态可掬。

抽完一支烟,话题又转到新居旧居的比较,我问道:

"你搬来这里,那么威良他们还是住在老地方?"

"还是住在老地方。"

"最近见到过吗?"

"常见,他喜欢棋,一直在教他啊。"

"这可不像了,我从小不爱下棋。"

姊夫认输似的笑辩:

"哪有什么都像的事!"

"我想再看看他?"

"……会来,下午,今天是星期日,是吧!下午他总来的。"接着又自语:"叫他一声。"

姊夫拎了袋糖果,招呼走廊上的女孩去传话,我

跟出房门,关照道:

"不要说,不要说我要见他。"

被姊夫回看了一眼:

"你还是老脾气,所以知道威良的小脾气。"

没多久使者转回,倚着门框边嚼糖边表功:

"威良,威良打算看了电影再来,现在他吃过午饭就来。"

她掏出电影票,晃一下,闪身不见了。

姊夫定要上酒馆,说有应时好菜,坐在临河的窗畔,柳丝飘拂,对岸的油菜花香风徐来,我陈述这个时浮时沉的宿愿,他认为:

"其实你太多虑,拍照小事情,单独拍他也可以,两人合照也可以,送他几张,他谢你呢。"

"……和平常不一样……我是想用他的相片,代替被烧掉的……将会印在书上……"

姊夫默然许久——我悔了,决定放弃这个怪念头。

他点一支烟,缓缓说:

"我想,这也无所谓合乎情理不合乎情理,威良与你仅仅是童年的面貌相像,其他,就会完全不同,我想,我想这种童年的照片,对于你,将来有用,对于他,将来未必有用……"

我苦笑:

"太'良知'了,这样的判断,势利性很明显,拦劫别人的'童年',我宁可被归于育婴堂孤儿院出来的一类。"

姊夫目光黯敛,俄而亮起:

"不,这样,还是应该今天就拍摄,然后找高明的肖像画家,依据照片,换上三十年代的童装,那就是你了,记得你那时常穿大翻领海军衫,冷天是枣红缎袍嵌襟马褂法兰西小帽……"

双手比划着,老人的兴致有时会异样地富声色。

"吃菜吧……我只盼找回一个连着脖子的小孩的头。"

"更容易画!"

"不,'人',我要照片,不要画像,画像里的,是画家的化身,如果画家能画出不是他化身的纯粹画里的'人',那是个无聊的画家,他的画,我更不喜欢。"

应时好菜已半凉,加紧餐毕起身,怕小客人已等在楼下。

毕竟姊夫已臻圆通，回家的路上，我接受了他的主意：先拍摄，再斟酌。

小客人还未到，姊夫揩抹棋盘，爇枝奇南香插在胆瓶中，竹帘半垂，传来江轮的悠长的汽笛。

威良一进门，我的热病倏然凉退。

距离上次见到他，算来已过了三年，姊夫常与他相处，三年前的印象先入为主，以后的变化就不加辨别。

他们专注于棋局，我从容旁观，威良的眉目、额鼻、颐颏，与童年的我无一相似，这些不相似之点总和起来，便是威良，迥异的漂亮乡村少年，他将是安稳多福的。

温莎墓园日记

最初是陌生的无名墓园,每周一二次漫步其间,几年过来,季节的换景就不再惊讶,也未曾遇见人,渐渐信赖这是个废区,可占为孤独者的采地,踯躅在环形的泥径上,就都是苍翠的树苍翠的树,因为十四座墓碑全位于泥径的外缘,其内细草铺汇成偌大的圆坪,乔木和亚乔木分别耸立着,已经是一个不小的幽林,只有居中而偏西的那块黑岩,巨象之背般伏在蒿莱丛中,容易引起如果憩息其上的意欲,并非有所困倦,都只宜于坐着卧着浏览高处纷纭的权桠,其实是满天明绿的繁叶,无不摇曳颤动萧萧作声。

那年夏季常来大风,暴雨比风还大,墓园里有树折倒了,折倒了一棵,也位于西北角,过后锯成许多段,曝在原地,日光照着肉黄的鲜明的横断面,年轮可估百数,蛀空了的缘故,近地面那截被什么虫长久营巢,倒下来的时候,似乎没有连累别的树,而因为是夏季,墓园的整部浓荫,唯独西北角就敞亮得异样,可知这棵树曾有多少多少叶子,直到秋季,秋深,缺失感才不再显着,段木全运走,翌年的夏季,除非想起那时折倒了一棵树,此外不会觉得墓园有什么缺失。

(这些或者写入给桑德拉的信)

黑岩是很大一块,方位犹如管弦乐队的指挥所在处,这个慵懒的指挥兀自坐着吸烟,僭占整园叶子的混合碎声,总是这样起始满怀愉悦荣耀,任凭亿兆树叶的碎声供养一尊,将自身喻作薄巧的纸舟,树叶的碎声诠释为淼淼的水,水的浮力裕然载托纸舟……

叶子的碎声撩动耳蜗的纤毫,风给发肤以清凉柔润,而肉体何止是这些,它大着,被忽视弃置,于是它欠伸了,健全的肉体在黑岩上作瘫痪状为时已久,它欠伸，四肢应和着改换姿态，徐徐平定下来。

肉体要离开黑岩，离开黑岩那么何往，肉体又勿明去向，它只是不能过久保持一宗姿态，其实它过敏于畏惧死，一宗姿态久了，它以为邻近死，肉体随时以动作自证，疑虑于类似死或与死无差别的状况，只有疾病和睡眠，才使肉体宁息，它知道但求疾病瘥愈睡眠满足，方能继续自证存在，康复和苏醒之后，肉体又讳忌静止，每有较长的静止，它会以筋骨的酸楚，肌肤的痹痒来咨照，如果不得理会，伎俩就更趋狡黠，它伪装徇从，安谧不动，情绪悄悄从底层乱起，感官迟钝了，树叶的混合碎声，不再是荣悦的供养，守在黑岩上亦是枉然。

为何漫步最宜沉思，就因肉体有肉体的进行，心灵有心灵的进行，心灵故意付一件事让肉体去做，使它没有余力作骚扰，肉体也甚乐意，无目的，不辛劳，欣然负荷着心灵，恣意地走，其实各种沉思中，很多正是谋划制服肉体的设计，乃至戮灭肉体的方程演绎。

（以上的，寄给桑德拉，不会，她不会抱怨故意把信拉长）

这不是庶民聚葬的公墓,是教会产邑的部分,安息的都是蒙主召归的基督徒,历任教堂执事,树林外便是西敏寺广场,礼拜天上午泊满车辆,其实整个灰黄糙石立面的建筑群,是一座 Monastery,既恢弘又朴素的修道院,在北美洲自亦少见,广场空漠如茫茫弱水,偶尔浮现一二模糊人影,形状也不类 monachus,nonna,猜度性质,许是 Order,教社,不限于驻院修道的僧尼,教社中人除了断念俗虑洁身持戒者,凡同宗义俱属社众,毕生奉献于传播福音,兴办学校,分施慈惠,可见所谓四百年前此风已告衰竭的史鉴,未必尽然,Order,Monastery,同起于五六世纪,十字军第七次跄跄退回后,倒是这些黑衣人吐哺了欧罗巴文化,才不致瘐毙在天路历程的荒凉驿站上。

但是很愿知道这个墓园有没有特定的称谓,既已熟悉也可擅赋称谓,常常是那样的,对陌生人亦常常在暗中呼唤,亲昵地,切齿地,在暗中有名有姓地呼唤,当那些平常人变得不平常时。

墓的款式也舛异，下葬应是骨灰，骨灰入土后，用原煤般黑的长形石块，交叠砌台，高一米以上，再安顿墓碑，死者的名姓、生卒年，镌于铜牌，铜牌横约二十厘米，阔六厘米，嵌在石碑的右下角，于是石碑的中心让给一方瓷质的高肉浮雕，其实最初吸引进入墓园的虽是夏绿的乔木，导致频来徘徊的却是这十四方瓷雕，耶稣走向各各他，再重复重复也看不厌，瓷雕只作人形和十架，没有衬景，他枯瘠，细长，禁欲的清苦肉身，袍片和亵衣都是灵性的，涂着淡青浅赭的釉彩，作为坯体的瓷泥是粗粒子的，釉彩又呈透明，所以整方瓷雕是惨淡的病黄色，这些还只起时空的邈远感，值得一次再次对之凝眸的是人形的塑造，亦即所谓拜占庭的风调，到了拜占庭，大艺术家似乎退而入寐，余事尽付工匠，一切从此圆熟而拙劣，似乎本来不致这样拙劣，是出于诚恳的缘故，似乎是因为拙劣，只求看取诚恳了。

（桑德拉喜欢我絮聒，就寄她这些，她认为瑞士是真寂寞，当然指我这里是假寂寞，我辩道：能把寂寞分出真呀假呀，颇不寂寞）

第五座墓碑的铭牌脱落,右下角的位迹深褐色。

其他的十三座都完整,就因为只有一座无名无姓,令人徒然寻思这里埋葬的是谁。

搜视草丛,铭牌怎会不就在垒石的四周。

垒石上平平放着一生丁,生丁可能掉在泥径上、草丛里,怎会落于离地如许之高的垒石上。

信手将生丁拈来……放回原处,心绪转为空惘,今天的漫步败兴而回,不可理喻的偶然性是最乏味的。

(把这些纳入日记中,以示无事可记)

爱德华八世与华利丝·辛普森,本世纪最后一对著名情侣,终于成为往事,各国的新闻纸为公爵夫人的永逝,翩跹志哀了几天,状如艺术家的回顾展,华利丝年轻时候的照片,使新闻纸美丽了几天。

看罢温莎公爵和公爵夫人的爱情回顾展,犹居尘世的男男女女都不免想起自己,自己的痴情,自己的薄情。

这分明是最通俗的无情滥情的一百年,所以蓦然追溯温莎公爵和公爵夫人的粼粼往事，古典的幽香使现代众生大感迷惑，宛如时光倒流，流得彼此眩然黯然，有人抑制不住惊叹，难道爱情真是，真是可能的吗。

在虽然已经具备语言文字的纪元中，忽然说，人生如梦，之前，谁也不曾听到过这样的比喻，人生如梦，闻者必是彻心惊悟，这个比喻终于传达得人人都会脱口而出，以此推衍，远古必定发生过这样的事：有人，不知是男是女，在世上第一个第一次对自己钟情已久的人，说，我爱你，再推衍，必有人作为世上第一个，第一次以笔画构成爱字，在其前加我其后加你，这样，第一次听到我爱你，声音，和第一次看到我爱你，文字，必会极度震骇狂喜，因为从来没有想到心中的情，可以化为声音变作字……嗣后，嗣后的人，那是指相继诞生的男男女女，代复一代，不拘是语言的爱文字的爱，都敝旧了，哆呐歪斜了，所以温莎情侣，用清正的嗓音，端庄的手迹，将爱说出写出，芸芸众生又觉得人生是人生，梦是梦，然后，才委委婉婉，重新认领人生如梦，其实这时却正在人生里而不在梦里。

爱德华八世，巴黎，卡蒂亚珠宝店，为她买首饰，前后共计八十七件。

范克里夫和亚伯斯,共买廿三件,红宝石镶钻项链,刻了:我的华利丝·大卫赠。

蓝宝石镶钻手表,也从范克里夫买来,上刻:为我们的婚约18V—37。

另一条,出自卡蒂亚,红宝石镶钻手链,结婚一周年纪念,六月三日。

镶珍珠钻石的晚宴手提袋。

镶宝石的镜子、皮带。

卡蒂亚珠宝店著名的大猫宝石,镶在豹形和虎形的手镯上及夹子上。

一支镶红宝石蓝宝石翡翠及钻石的红鹤别针。

总数两百一十六件,温莎公爵用以补充语言文字每嫌不足的爱之表达,赠予这使他宁愿放弃王位的华利丝,她始终是无辜的,一直是悒郁的,皇室和上流社会隐隐然视她为不祥的尤物,在她谢世之前,已有八年没有走下法国布伦家中的楼梯,丧失说话的能力也已有七年了,那两百余件爱的信物珍物,此后就冰冻般存放在银行里,不再为晶灯玉烛照耀生辉。

秋深以来，墓园并无萧索之感，树木落尽叶子，纤枝悉数映在蓝空中，其实是悦目的繁丽，冬季是它们的裸季，夏季是人的裸季，冬季是树的裸季。

认为墓园是废区就判断失误了，这里已非孤独者的天赋采地，第五座墓碑的石基上的那个生丁，已被翻转，上次信手取来又放下时，记得是林肯的侧面像，而今变为纪念堂的图像。

谁也注意到这生丁，掇之、置之。

生丁再翻为林肯像的一面。

几天后去墓园，生丁以纪念堂的图像承着薄暮的天光。

信息，此与彼之间存在信息，信息的初极和终极相连，其间没有美丑贤劣强弱智愚的余地，谁都能用拇指食指将生丁翻个面。

风雨霰雪不能使平贴在石上的铜币转身，鸟也不会抓它啄它，松鼠以嗅觉来辨识食物，使生丁由正面换为背面的力，是人力。

此，执正面，彼，执反面，几次的翻转，信息的涵义深化为：

此存在

此没忘怀

此愿意持续

生丁正之反之的次数愈多，涵义的值就进入：

此至今犹存在

此怎能忘怀呢

此已无法中断这个持续了

原本是最轻易的两个手指合成一个动作，起始的信息，初极与终极天然相连，由于此彼各执一面的次数的增多，亲手制造轮回，落入轮回中……

如果，不再去墓园，如果去墓园而不近第五座石碑，如果行过石碑前而不伸手翻转生丁，这种三种行为，都是背德的，等于罪孽。

刑场、赌场、战场，俱是无情的场，苏士比拍卖场也是无情的场，一九八七年四月，日内瓦的苏士比，将逐件拍卖温莎公爵赠温莎公爵夫人的两百一十六件爱的珍物信物。

公爵夫人把她的大部分财产捐给巴斯特中心,医学的研究机构似乎研究不出更华严得体的办法,来处置这些珍物信物,似乎只好交给苏士比,而且已经把它们锁在日内瓦一家银行的保险箱内了。

苏士比拍卖公司的声音:本公司在瑞士的珠宝鉴定专家,应邀鉴定这批首饰,因此,顺理成章概由本公司拍卖。

爱情需要鉴定?瑞士的珠宝鉴定专家将鉴定温莎公爵与温莎公爵夫人的爱情,无价的,有价了。

然后是四月,温茂的季节,瑞士,多福的国,日内瓦,清倩的湖畔,苏士比,无情的场。

红宝石及金刚钻镶成的项链,投保于银行的价目是六十万镑,鉴定家认为实值五十万镑,女星伊丽莎白·泰勒首起接价,杜拜王室的穆罕默德喊了五十五万镑,德国钢铁大王泰森出的就是当初投保银行的六十万镑,希腊船王加了二万,六十二万镑,然而还有英吉哈德太太,白金之王的遗孀,她与温莎公爵夫人的私交非比寻常,早年她在晚宴中乍见这串红宝石闪耀于华利丝胸前时曾经赞叹过……

现在是二月,还有两个月,苏士比公司声称:拍卖将在最保密的情况下进行,甚至不列出邀请名单。

行近第五座墓碑……

平时硬币在指间流过,从不仔细端详,原来这生丁的背面,林肯纪念堂之上,有一行拉丁文,意谓:"许多个化为一个。"既蕴藉又浩荡地颂扬了这位总统的功德,然而此句拉丁文所可能启示的何止这些。

翻转生丁,已成信息,不翻转生丁也自成信息,涵义是:

此已死亡

此全忘怀

此不再来

除了此已死亡这一项是天命,其余二者等于告示彼:此,是一个轻薄的无情谊的人,也等于判定:彼,是痴骏的,长时与轻薄的无情谊的人通款,是痴骏的。

或许彼亦既入轮回,想脱却而不能,彼已厌倦于清晨晚悄悄入林翻转这个生丁,这是此的哀怨的猜想。

又害怕有第三者介入,偶然发现生丁,取来,信

手抛掷,那就,信息乱了,涵义转为:

终止

这是荒谬

这是荒谬的消除

故而,若生丁不在,先应解释为有第三者介入,就得再放一个色泽相仿的生丁在那里,作林肯像的正面。

且深信,倘彼来不见生丁,彼思,彼也将以另一生丁置于原位,作纪念堂的反面。

这样,岂非已经与爱的誓约具有同一性。

这个生丁的变动,倘是出于神意,出于魔意,就可不予理睬,任凭神魔进而捉弄,总能与之颉颃周旋,而今是人,人意,不明性别年龄仪态品质,时日愈久,愈无意觑悉其品质仪态年龄性别,只以精纯的人的一念耿耿在怀,这又岂非正符合那生丁背面的拉丁文铭言:把许多个化为一个。

(桑德拉来信,说女儿已入附近的中学,终于她能专忱新闻事业了,似乎把我尊为消息灵通人士,不加解释地问道:

四月间你来不来,当然是指三月底,我陪你去看温莎公爵夫人的遗物,最动人的无疑是那红宝石项链,从前我在英吉哈德太太的沙龙里初晤华利丝·辛普森时,她就佩戴着它,四十岁,林中清泉的美,真正风华绝代,她是属于上个世纪的,或说,十九世纪留给二十世纪的悠悠人质。

希望你来,当然你得克制去你那边的苏士比,如果,你终于还是不想来日内瓦,那么,别错过这六天,三月十七日——廿二日,纽约的展览期,你看了,至少以后谈起来言之有物。

我想你一定在惋惜温莎公爵夫人的遗物行将散失,散,就是失,虽然我不可能怂恿英吉哈德太太全部买下来,哦,可恶的竞争者,但是这红宝石项链,已被我游说到了这位白金皇后怒意盎然,矢言非要到手不可,如果你能来亲睹项链的谁属,我会多么高兴。

你知道,华利丝一直活在阴影里,当然也正是活在大卫的爱里,公爵亡后,她已灰了,他和她没有事业,只有爱情,恰如你嘲弄的,以爱情为事业的人,那么,以事业为爱情的人,又如何呢)

(复函:三月底我不能来瑞士,四月,五月,也未知可否成行。

会来的,来则告诉你,我这里发生了什么事。

不要问,尤其别用电话探听,我说不清,相信你会同情,而后,原谅我,好久没有给你信,日记也停着。

等我来日内瓦时,将随带一物,供你持之与红宝石项链作比较,先别妄猜,往好里猜坏里猜都是错,总之我可以停止嘲弄以爱情为事业的人,但不停止嘲弄以爱情的新闻为事业的记者们,你是例外,因为你知道自己永远是例外的。

红宝石项链到纽约苏士比时,我当遵嘱去瞻仰,因为那时,它还是传奇性的圣物,以后,四月以后,它是商品性的俗物,是的,我有点伤心,偌大世界,连一个女人的首饰也保藏不了,非要分尸似的零落殆尽,真是《情感教育》,从前阿尔鲁夫人的东西,在她活着时就被拍卖,那场面实在写得好,残酷,噢,文学是,必得写到一败涂地,才算成功)

每星期五去墓园,下午,生丁无误地翻了面,一阵针刺般的喜悦。

接连几场大雪,墓园西北角积雪尤深,今年才分识虽是同样落叶的树,有的枝头缀雪,有的就承不住,大雪后,墓园的乔木亚乔木仍是光净的枯枝。

当生丁被雪盖没时,有一种轮回告终的不祥之感,侧着手掌轻轻拂雪,像是寻找埋在雪层下的宝贝或骸骨。

二月六日,整天在曼哈顿料理瓜葛世事,事毕,才知雪和夜都深了,车行维艰,驶至教堂区,进口的矮栏已被关上,那也只是不准泊车,银白的广场显得辽阔,修道院楼上有窗户是明的,隔着纷纷的雪,灯光幻为柔媚的淡橘红,耶诞已过去一个多月。

无风而飘雪就另含滋润的暖意,脚踏在全新的白地发出微音,引起莫名的惭谢,雪夜的静是婉娈的,因为温带的雪始终是难久的稚气而已。

墓台积雪甚厚,伸手探入底层,取得生丁,以打火机的光看清了,翻面,塞进雪层,按平在石上。

墓园笼在腾旋的白色网花中觉得陌生,反而像迢遥童年所见的雪的荒野。

燃起纸烟,其实已经知道而且看见,我也被知道而且看见了。

(夤夜十二点,我们离开墓园时,凌晨三点半,许多个化为一个,纷纷的雪)